河出文庫

ばかもの

絲山秋子

kawade bunko

河出書房新社

目次

ばかもの

1

「やりゃーいーんだろー、やりゃー」

　後ろから柔らかく抱きしめていたヒデの腕を、がばりと振りほどいて額子《がくこ》は言う。ヒデは、口のなかで楽しんでいた氷のかけらを飲み込んでしまったような気持ちになる。後ろを向いたまま、額子は服を脱ぎはじめる。似合わない迷彩のカーゴパンツ、ぴったりした白のタンクトップ、クチナシの葉っぱのような濃い緑の光沢のあるパンツ。額子は家ではブラジャーをしない。

　裸になった額子が振り向く。その切れ長の目のなかでヒデは真昼の汗を吸ったオレンジ色のTシャツを脱ぎ、ベルトを外して中身が既に邪魔になっていたチノパンをずり下げる。

なんでクチナシなんて思ったんだろう。額子の豊かな胸にむしゃぶりつきながらヒデは思う。額子の肌はあたたかくて、指をすべらせれば絹のようだ。小さな乳首は濃い桜色をしている。ああ、この弾力。

あ。

なんか知ってるぞ。

うわわ。

左の乳首を口のなかで転がしながらヒデは思う。うわわ、思い出してしまった。右のおっぱいに伸ばした指が止まった。

額子の肌はオオスカシバの幼虫に似てる。おっぱいもお腹もやわらかくて割り箸で切れそうだ。

うわ。うわ。

この感触。

淡い、きれいな緑色をした芋虫だった。お尻のところにアンテナみたいにツノをたてたオオスカシバの幼虫は、幼虫といっても大きくてヒデの人さし指の長さくらいはあった。そいつらがいっぱい、クチナシの木にたかっていた。もりもりクチナシの葉を食っていた。一匹ずつ葉っぱから割り箸で引き離すといやんいやんとカラダをくねらせた。そのまま割り箸でひねりつぶすと最後にはむちゅっと汁が出て、もう少しくねって死んだ。玄関の脇にあったクチナシの木は切られてしまったが、虫退治は受験の年までヒデの仕事だった。

額子のこの白いカラダに大量のオオスカシバの幼虫を這《は》わせたらどうなるだろうか。動く女体《にょたい》盛り。

うわわ。うわわ。なに考えてんだ俺、おぞましい。

なんか別のことを考えないと萎《な》えてしまう。必死でおっぱいを吸うと額子がからだをくねらせる。うわわ。

ヒデは知っている。イメージが損傷《そんしょう》されたときには言葉に頼るしかない。それは嘘《うそ》なんかじゃない。決して嘘じゃない。ヒデは額子の頬《ほほ》に手を触れて言う。

「額子、俺まじで額子のこと好き」

「そう」

「でも俺、下手だろ」

「そんなことないよ。ふつうにいいよ」

ふつうか。ふつう以上とふつう以下といろんな男たちが額子の体を通り過ぎて俺はアベレージか。俺はアベレージよりでかいのか。それとも小さいのか細いのか。柔らかくはないと思うが俺よりもっとずっしり硬いやつもいるのか。俺はアベレージより下手なのか。多分下手だ。ちきしょう。でもまだ俺たちはつき合い始めたばっかりだ。俺って若いから早漏《そうろう》気味なのかな。それとも一生早漏なのか。それは困る。

俺は額子が好き。相手にされてなくても好き。できたら毎日会いたい。満たしてやれないのがすごく悲しい。俺が夢中になってしまうからか。

でも、今は俺の下に裸の額子がいて、何をしてもいいのだ。何をしてもって、何からしたらいいんだろ。

東口の餃子《ぎょうざ》の王将で弁当を買って来た。だって額子は食が細くて、今日も何も食べてないと言うから、がつんといこうと思って餃子弁当を買ってきたのだ。

単身赴任風の、ゴルフパンツに黄色いポロシャツを着たオヤジの後ろに並んで、随分待った。それから自転車で、弁当の中身が寄らないように気をつけながら額子のアパートまで来た。

「いらねーよ」

と、額子は言った。

「エッチする前にそんなもん食べるかよ」

ひどいと思った。俺の思いやりはどうしていつも通じないのか。

なんで額子が自分とつき合ってくれているのかわからない。自分が若いからか。若い男が好きなのだろうか。でもヒデにとっても二十七歳の額子の体は、すごく、いい。同世代の女の子よりずっと、いい。

さわやかな緑色をした芋虫が、どうしてもまだ一匹くらい頭蓋《とうがい》の裏側をさまよっているらしく、ナイーブなヒデのナイーブな陰茎《いんけい》はなかなか立ち上がらない。

「ああもう」

苛立《いらだ》たしげに額子が言う。

「しゃぶってやるよ」

額子が起き上がり、ヒデはその場に横になる。額子が覆《おお》いかぶさってきて、あたたかく湿った息があたっただけでもうヒデは感じてくる。唇《くちびる》が触れ、濡《ぬ》れた舌が亀頭の下をぐるりと舐《な》める。たまらない。本当はやっぱり恥ずかしいんだが、でもたまらない。

「あー」

「女みたいな声出すんじゃねえよ」

額子のフェラチオは鬼だ。容赦《ようしゃ》ない。ヒデはあっという間にがちがちになって、そしていきそうになってしまう。なんて無力なんだ。ただ身悶《みもだ》えしながらきつく目をつぶって出ませんように、出ませんように、と祈るしかない。ここで出してしまったら額子はどんなに怒るだろう。ジューリンされる俺。あれ、ジューリンってどんな漢字だったっけ。ああ額子の頬の内側。ああ額子の咽喉《いんこう》。ああ額子の舌はなんでこんなに動くんだ。たまらん。額子の口いっぱいにザーメンをぶちまけたくなってきた。

額子は鬼だ。こんなにいきそうになっているのに容赦ない。

「あーっ、額子、もうだめ」

額子は口を離して、ゆっくりと唾を飲み込む。そして、ひひ、と笑う。額子の笑いの前で陰茎がびよん、と揺れた。

「立ったじゃん」

「十代ですから」

額子だってフェラチオのあとはいつも濡れている。若い男のあそこをしゃぶりながら興奮するらしい。すけべな女。すけべな女。そう考えるとヒデは興奮する。

ヒデは額子の熱い溝に指を滑らせる。早くこのゆるいゼリーの中に身を沈めてしまいたいのだが、正直な話、どうしたら額子が感じるのかわからない。どうしたらあの手の女優みたいな裏声を出させることができるのか。どうやって触ったらいいのか。舐めたらいいのか。ヒデは額子がクリトリスでいくのか膣《ちつ》でいくのかも知らない。クリトリスはオヤジくさくゆっくりじらすように触るのか、それとも若者らしくリズミカルにコリコリと触るのか。膣はどの辺がいいのか、入り口がいいのか奥がいいのかそれともGスポットってやつか。

額子がそんなこと教えてくれるはずもない。額子は魅力的だけれども、同時に大変不親切な女でもある。

ヒデがそっと見やると、目を閉じたままだが額子は明らかにうるさそうな顔をしている。でも、濡れてるじゃないか。大丈夫、額子は感じてる。ヒデはめくらめっぽう指を動かす。あっちにもこっちにも指を突っ込もうとする。ああこんなに溢《あふ》れてくる。すけべな女だ。

でもほんとにこれでいいのか。

いいんだ、額子は感じてる。どきどきしているはずだ。俺にされてることに。これから俺にされることに。

でも俺ほんとにこれでいいのか。こんなことで。

想像上の人物の顔をヒデは知らない。想像上の人物というのはヒデが想像しているだけなのだから確かめようもない。それはたおやかで、かそけき女性なのだから、頼ってはいけない、守ってあげなければいけない、絶対に。

背後霊とかそういうのではない、想像上の人物がヒデの目の前を横切るとき、それはいつもヒデがぼーっとしているときに決まっているので、ヒデはその後ろ姿、彼女が残す風ともいえないかすかな空気の動きしか感じとることができない。ヒデは残り香を探す。長い黒髪をつかまえたいと思う。想像上の人物はすっと通り過ぎてしまうので、彼女が振り袖を着ていたような気もするし、トレンチコートを着ていたような気もするし、その色さえもヒデはとらえることができない。追いすぎてはいけない。手を出してはいけない。そんなことをしたら想像上の人物は、ヒデの想像の中から出て行ってしまう。

彼女は額子とは似ても似つかない。きっとやんごとなき方なのだ。

「額子入れていい？」

「入れなよ」

ヒデは額子に背を向けて、財布の中からすばやくコンドームを出して袋を裂く。この瞬間、実に情けないというか無防備というか、ずぶっと生で入れたいに決まってるんだがそうもいかない。急いでつけないと、額子が冷めてしまう。急いでつけないと、またへたってしまう。

「焦るからうまくはまんないんだよ」

額子が言う。

「だいじょぶ、もうだいじょぶだから、ごめん額子」

やっとコンドームがはまった。少しへなった。

額子がうすく、ほんとうにうすく脚を開く。ヒデはその脚の間に左手を入れ、押し分けて、しゃにむに進入しようとする。

あっちにもこっちにも当ててみるけれど、入り口がどこなのかわからない。握ったままの右手が迷うと、怒った猫のように額子がヒデのカラダの下に手を差し入れて摑《つか》む。そして自分の一番まんなかの場所に当ててくれる。

ああ。入った。

なんて熱いんだ。なんてぬるぬるなんだ。

ヒデのあそこはすぐに硬くなる。でも最初はゆっくり動かしながらじりっ、じりっと額子を味わう。

「く……」

額子が喜んでいる。苦しげな顔をして喜んでいる。ヒデはせわしなく額子の胸を揉《も》んでやる。痛いか、それとももっと強くして欲しいか額子。

額子額子、俺なんでもしてやるよ、額子のために。


気持ちのいいことは全部額子に教わった。高校からつき合った香帆には、ふられて一年たった今でも未練がないと言えば嘘になるけれど、香帆と今セックスしてこんなに気持ちがいいとは思えない。あの頃は後ろからやるのはエロビデオの世界かと思ってた。騎乗位で突き上げる喜びも知らなかった。全部額子が教えてくれたのだ。

ヒデはそれほど我慢強い男ではない。すぐに峠を攻めるやんちゃなクルマのように火花を立てて追いたてる。

「あおっ」

額子が吠える。きつく巻き付いていたあそこの肉が崩れるように柔らかくなり、それからまた、吸い付いてくる。

「うっ、うっ」

額子が吠える。吠えればいい、俺のすてきな犬。俺の額子。俺の。俺の。

「額子、すげー気持ちいいよ」

「……」

「額子も気持ちいい？」

「っせーな」

ああ、ここで額子がかわいい声を出したら俺はイクところだった、とヒデは思う。間一髪。それでも額子は両脚をヒデの腿《もも》にからませてくるのだ。

ギョーザってもんは冷めたら食えねえぞ。

小刻みに腰を使いながらヒデが考えていることを、もし額子に知れたらどんな罵声《ばせい》が飛んでくるだろう。

ほかのものはいい、でもギョーザだけはだめだ。もちろん焼き立てが一番旨《うま》いけれどほのかに温もりが残っていれば食える――いや、王将のギョーザだけが特別なのかもしれない。定食屋のギョーザだったら冷めても食えるのか知らないけれど、王将のギョーザは冷めてしまったらだめだ。いくらレンジでチンしてもだめだ。

「おめー、手抜いてんじゃねーよ」

額子が言う。ヒデは深く二度、三度突いてから、体位を変える。

「額子、気持ちいい?」

「う」

「いくよ」

「ああ」

「額子も一緒にいこう」

「まじ?」

額子は一緒にはいかない。でもヒデにはもう余裕がない。腰を子宮の入り口の方へ思いきりぶつける。目がくらむ。逆流がはじまる。

いつまでもいつまでも。

ヒデは強く脈打っている。

やがてそれが遠のいていくと、額子はヒデの体の下からのがれ、ばたりと寝返りを打ってヒデに背中を向ける。

　ヒデは体を起こす。前に薄い緑色のゴムが垂れ下がっている。オオスカシバの脱皮だ。

　額子はいっていない。

　額子にもっと感じてほしい。

　しかし手を触れようとした額子は立ち上がって、シャワーでも浴びるのかと思えば冷蔵庫からキリンの５００ミリ缶を出してくる。額子の冷蔵庫には山ほどビールが入っている。朝でも昼でもこれから仕事があるときでも、必ず終わった後にはビールを一本飲む。ヒデはあわててティッシュをつかみ出し中身のたっぷり入ったゴムを包んでごみ箱に捨てる。

「一緒に飲もうか」

　額子は優しげな声で言う。

　ヒデは額子のタバコに火をつけてやり、肩を並べてベッドに座る。額子のビールを受け取ってごくりと咽喉を鳴らして飲み、額子のタバコをやさしくもぎとって、一服だけ吸って彼女の手に戻してやる。二人とも裸で、くたびれていて、孤児のようにせつない。

日が傾いてカーテンの影が濃くなった。

「いつまでくっついてるつもりなんだよ」

「ずっと」

「はあ？」

心の底から軽蔑したように額子は言う。その額子の右腕と脇腹の間に手を差し入れる。

「何すんだよ」

ヒデは額子を横向きに押し倒して、くびれたウエストを舐めまわす。ヒデの舌がウエストから下の方にはみ出ていくと額子が、んん、と声をあげる。そのまま二回戦に持ち込もうとするが、額子はヒデをはねのけて、ビールとタバコに耽《ふけ》る。

額子は自分からあまり喋《しゃべ》らないから、何を考えているのかヒデにはわからない。ときに心の中でおろおろしている自分に気がついて恥ずかしくなる。

でも俺たち、つき合ってるんだよな。

そうだよ、つき合ってるんだから。

「ね。額子何考えてんの？」

「別に」

ヒデは考えている。明日こそ大学に行かなくちゃなあと。去年取ったヒデの単位はまことに乏《とぼ》しく、今年はこうやって額子とセックスばかりしていて、もはや自分が取った講義の種類さえあやふやになりつつある。大学の友だちの顔だって忘れそうなのだ。

そしてヒデは考える。昨日も、明日こそ大学に行かなくちゃなあと思ったことを。そして今日やっと額子からメールが来た。

「家に来ない？」

ヒデはこの一言で、大学の講義中でも、家で親と食事をしている途中でもふらりと立って自転車に乗ってしまう。夜でも、夜明けでも、真っ昼間でも。早く週末になればいい。少なくとも学校のことを考えないで済む。今週末もバイトは入れている。でも、いくらバイトしたってクルマを買う金なんて貯まらない。

俺は一体どうなるのか。

だめだだめだだめだ、俺なんかどうにもならないのはわかっているのだ。

でもそれじゃ俺は想像上の人物に頼るしかなくなってしまう。それだけは絶対に避けたい。こんな汚れた体のときに想像上の人物のことは考えたっていけない。

額子というギョーザはもはや焼き立てではないが、決して冷めているわけではない。ギョーザをひっくり返して二つ並べたらおまんこの形になりはしないだろうか。ああいかん、俺が考えているのはまさに今、この俺から五メートル離れた台所の調理台の上に置きっ放しになっている王将のギョーザであって抽象的な表現としてのギョーザではないのだ。

肝心なことを忘れていた。

餃子弁当は二つある。

当然だ、大盛りはヒデの分、ふつう盛りは額子の分。これで額子が食えねえとか言ったらどうするんだ俺。二つは食えねえぞ。

額子が脱ぎ捨てた服の山あたりから携帯の鳴る音がする。出るのか出ないのか、ヒデはそっと額子の長いまつ毛の動きを窺《うかが》う。額子がまばたきを繰り返しているうちに右手を額子の腰にまわし、左手を頬に添えてキスをする。迷いを消してやる。最初は右の頬に、それから口の端に、そしてたちまち額子の唇に吸い込まれたヒデの舌は、消化されてしまうんじゃないかと思うほど長いこと額子の舌にくるみこまれ、唾液にからめとられていて、その間に呼び出し音はやんだ。ヒデはキスをしながら額子に下半身を押し付け、自分が硬くなっていることを額子に知らせる。

「額子、もう一度舐めて」

やっと口を離して、両手で額子のおっぱいを包みながらヒデは切望を口にする。

「やだよゴムくさくなってるもの」

「えっ、そうなんだ?」

「なんならさっきのコンドーム、自分で舐めてみれば」

これ以上余計なことを言わないようにヒデはもう一度キスをする。大きな音をたてて全身にキスをする。鎖骨にも、おっぱいにも、へその脇にも、太ももの内側にも、もっともっと。


ギョーザ……。

いやちがう。

もっともっと。

額子の重い脚を開いて顔を押し付ける。舌を固くして額子の尖ったところにあてる。

額子の脚の力が抜ける。磨くように舌を這わせる。かすかなにおいと、ほんの少しの潮の味がする。

「もう……」

額子が呻《うめ》いた。ヒデは勝ち誇る。

額子がとろけはじめる。さっきよりも簡単に、さっきよりもさらさらとぬるみはじめる。額子と別の自我を持ったあそこが目覚め、ヒデを求めはじめる。太もものつけねが、おっぱいの下が汗ばみはじめる。ヒデが額子の体のなかに指を入れて動かしてやると、額子は全身から熱と女のにおいを発散して欲しがる。

欲しがっているのだこの俺を。

こうしちゃいらんねえ。

ヒデは思いきり腕を伸ばしてカバンを引き寄せ、中に手を突っ込んで内側のポケットから予備のコンドームを取り出す。

「ねえ額子、今度コンドーム買っといてよ」

「やだよ恥ずかしい」

「じゃあ一緒に買おうか」

「やだってば」

額子のその声は甘い。ヒデは勝ち誇る。コンドームを三つも四つも持ってきたヒデは勝ち誇る。


「後ろからして欲しいだろ」

「いいよ、しても」

四つんばいにして、後ろから尻に嚙《か》みついてやると、額子は、

「あおう」と声をあげる。

これはヒデの成果だ。ヒデが発見した額子必殺技だ。

「あおう」を四回やってから体勢を立て直す。額子はビニール袋から空気が抜けるような声を出す。それは期待の声であって満足の声ではないのだが。

ヒデは再び額子の体に自分の先端を突き立てる。

後ろからやると額子は感じるのだ。汗を流して感じるのだ。終わったあとも体を震わせてしがみついてくることさえあるのだ。この際本当かどうかは問題じゃない。

額子。

額子額子額子額子額子額子。

だめだ二回目なのにどうして俺はこんなに早い。なんか考えなきゃ。そうだ、微分積分。微分といったらえーと。$f(x) = \lim$ なんだっけ。間違ってるな、なんか全然違うな。単位とれねーよ。

積分はもっと恐ろしい。Σとか dx とか出てきちゃってもうわけわかんねえ。よっし。少し取り戻した。

「んん」

ああ、額子額子額子。

もっと感じてくれよう。

「額子、俺いきそうだ」

「ごたごた言ってねーでいけよ」

「額子は？」

ヒデはもはや巨大なスクリーンの前に立っている。映し出されている滑走路の向こうは海だ。額子の赤い海がうねる。高まる。高まる。もう、疾走は始まっている。激しく腰を振る。波は高まる。まだ高まる。激しく腰を振り続ける。滑走する。額子が彼を呼ぶ声、

が、聞こえた、
ような気がした。
かまわず腰を振る。
時間の観念を放棄してまもなく、ヒデは離陸、
する。白いベクトル、
となって放物線を描く。思いきり遠くに飛んだつもりだ。
額子は支えを失ったかのようにうつ伏せに崩れ落ちる。

そう、ギョーザだった。ヒデは手早くシャワーで下半身だけを洗いその辺にあったタオルで前を拭きながら出てくる。

間に合った。弁当の蓋《ふた》を開けるとほのかに湯気が漂《ただよ》った。王将のギョーザはたっぷりの水分とたっぷりの油分《ゆぶん》で成り立っている。それが冷えて水と油が分離してしまうとまずくなるのだ、多分。

額子は水死人のように漂っている。弁当を持ってその横に座り、当然居心地の悪い感じもあったが思い切って額子と並んでうつ伏せになって、弁当を拡げる。

弁当箱の左下には小梅が半分埋まった日の丸ごはん、左上にギョーザが六個、右上

に唐揚げ二つとちびウィンナー、右下に真黄色なたくあんとキムチ。ヒデはこぼさないように気を配りながらギョーザのタレの袋をあけ、ギョーザと唐揚げに注ぐ。タレがちょっと多すぎるのだ。

つけ合わせのキムチをギョーザにのっけてぺろんと口に入れる。そこへすかさずご飯を詰め込む。品のない食い方だがそこが弁当の醍醐《だいご》味《み》だ。唐揚げとウィンナーはなくてもいい、代わりに焼きそばが入ってたら最高なのになあ。

どうやらこの、腕立て伏せに失敗したような姿勢は食欲が抑制されるようだ。端的に言って食いにくい。

額子が僅《わず》かに体をずらし、

「くせえ」

と言う。そう言うな額子、おまえの分もあるんだぜ。ギョーザはもうすぐタイムリミットだ。なんとか食ってくれないか。ビールだったら今取ってきてやらあ。

「額子うまいよ、食うか？」

「……いらねー」

ヒデはため息をつく代わりにギョーザをまとめてふたつ箸でつまみ、左手で額子の長い髪をなでる。口いっぱいにギョーザをほおばりながらヒデは言う。

「額子って、終わったあとの方がかわいいよな」

額子は突っ伏したままのくぐもった声で言う。

「ばかもの」

2

夜の陰の公園の隅にヒデは立っている。夜明けまではまだ時間がありそうだった。風がないのがありがたい。ただ、これからはずいぶん冷え込むかもしれなかった。

額子は戻ってこないだろう。曲がりなりにも二年間つき合ってきたのだ、そういう女だ。

振り向きもしなかった。もう二度と現れない。

先週、額子がパートをやめたこともヒデは知っていた。知っていたが本人に言いはしなかった。

それにしてもこのザマをなんとかしなければ。いくらなんでもやばすぎる。まさしく変態だ。額子が去った衝撃と、現在の自分の姿をヒデは同時に受けとめることができない。額子がふざけて、ケヤキの木の後ろにヒデの両腕をまわして手首をベルトで縛《しば》ったのだ。額子の奴、そのままほどかずに立ち去ってしまった。だけどふざけてやったことなんだから、今だってふざけているのかもしれないしだったら戻ってくるかもしれないし。

いや、戻ってこない。

ヒデは取り残されている。ボクサーパンツを膝まで下ろされて、無残に縮こまった下半身を晩秋の夜風にさらして立っている。もちろん手首をよじったり、体も揺すったりして逃れようとしているが、額子が縦横に縛りつけたベルトはびくとも動かない。助けを呼ぼうにも、その前に大事なものをしまわなければいけない。見知らぬ人に助けてもらうのも恥ずかしいが友だちだったらもっと恥ずかしい。警察が来たら俺、わいせつ物陳列罪になっちゃうんだろうか。確かにわいせつ物は俺のブツだが、陳列したのは額子なんだ。でもそれじゃあ額子におもちゃにされて捨てられちゃったみたいで、でもそうじゃなくて、絶対違っていて、でも俺だけの思い込みかもしれなくて、どうせ他人になんかうまく説明できやしない。

そもそも、俺がわかっていない。

暗がりで、ヒデはひたすら困惑している。

不幸中の幸い、と言っていいのか、額子はヒデをケヤキの木に縛りつけた。もしもこれがあっち側のイチョウの木だったら悲惨だ。風はないが、空気の流れはあるらしくて、ときたまかすかににおってくる。身動きもできないのにあのくさい実が頭の上なんかに落ちてきた日にゃ、俺ぁ……。だからといってこの状況を許してるなんてわけじゃあ全然ないんだが。ああ、銀杏拾いのばばあどもに見つかったらどうしよう。あいつらは朝が早い。

両腕はもうずっと前から痺れて冷たくなっている。特に上に重ねられた左手首が痛む。青あざになるかもしれないな。ヒデは目を閉じる。疲れをまぎらわすために昔のことを思い出す。昔のことと言っても額子に出会うより前のことはあまり思い出さない。それらは古びてかかとの薄くなりかけた靴下のようにぼんやりと引き出しの奥に入ってはいるが、ヒデがそれを取り出して身に付けることはない。

ヒデはバイト先で額子と出会ったのだった。といっても同じ仕事をしていたわけではない。郊外の畑の中に一軒だけどかんと建っている、広大な敷地を持つそのスーパーマーケットはバックヤードもそれぞれの部門で分かれていて、ヒデは次々に入荷されてくる野菜をひたすら分類し、カットし、重量を量ってパッキングしていて、額子はそこからはるかに離れた場所で総菜を作っていた。週に五日、午前中の四時間、ヒデは野菜とつき合い、額子は焼き魚や揚物やポテトサラダとつき合っていた。それはほとんど別の街といってもいいほど離れた世界で、二階の休憩室や更衣室に至る廊下ですれ違うことがあったとしても単なる偶然にすぎなかった。他のパートの女性にするのと同じように会えば挨拶くらいはしていたと思うが、ヒデはいつ額子にはじめて会ったのかよく覚えていないし、額子がヒデに目をつけていたかどうかもわからない。ヒデは休憩室で無駄な時間を過ごさなかったし、それは額子にしても同じことだった。仕事が終われば着替えて帰る。作業着と私服では誰もがまるで違う人間に見える。

だからヒデにしてみたら額子がいきなり現れた、という感じがしてならなかったのだ。額子がヒデの苗字を知っていたことも意外だった。ヒデは吉竹額子という名前を知らなかった。

「大須君」

従業員用の駐輪場に停めていた自転車に乗ろうとしていたとき、ブレーキをかけて止まった銀色のジムニーの窓から女が言った。あのときの額子は今ほどきれいじゃなかった。だから気がつかなかったんだ。

「ヒマでしょ」

「え」

「乗りなよ」

ヒデよりはもちろん年上だが、若くないということもない。ヒデは知っている人間なのかどうか確かめようと、目をこらして立ち尽くす。わからない。女はヒデの顔を面白そうに見ているが、やがて短く言う。

「雨、降るよ」

赤城山には墨をにじませたような雲がかかっていて、その雲があと何十分かで山を下り、前橋市と高崎市を暗い雨で覆うことは確実だった。ヒデは女の顔をまじまじと見た。こんな人、いたっけ。

結局ヒデは自転車を駐輪場に停め直し、明日は歩いて来なければいけないのかと思いながらクルマの助手席に乗った。

狭いクルマの中で女は、あらかじめ待ち合わせた友だちに言うように、

「映画見ようか」

と言っただけであとは何も喋らなかった。車が高崎駅のあたりにさしかかると小雨が降り出して、ヒデはワイパーの動きをぼんやりと眺めていた。

市街地の小さな映画館では「アワーミュージック」がかかっていた。しかしヒデはゴダールにはまるで興味がもてなかったし、同じスーパーで働いているということしかわからない隣の女性がこんなものを理解できるのかと思うと、とてもじゃないがついていけない気がした。途中からヒデは画面の鑑賞を放棄して、ただ隣の女の息遣い、胸の隆起や無意識の脚の組み替えに集中していった。

映画が終わると、女ははじめて笑みを見せた。

「困っちゃうね、こんなの」

「俺には……高級すぎて」

ヒデも笑った。

「よく寝なかったね」

それより早く彼女の名前を聞かなければ、と、ヒデはあせっていた。

「腹がへっちゃって……」

それから二人は本降りになった雨の中を定食屋に急ぎ、アジフライ定食を食べて、それから連れ込まれて、それからいきなりセックスが始まって、セックスを何度もして、ヒデは翌日の夕方まで帰らなかった。確かそうだった。

だから最初の日、二人は本一冊分くらいの会話をしたはずなのだ。自分が誰であるか、年はいくつか、どこで生まれ育ったか、どんな音楽を聴くのか、お酒は飲むのか、好きな季節はいつか、本当に欲しいクルマは何か、いつか群馬を出て行く気はあるのか。


ヒデはモザイク状の記憶をたどる。

「ガクコさんってどんな字書くの」

「ヌカタノオオキミのヌカ」

ヒデは額田王を知らなかった。今でも知らない。


それからというもの俺たち二人は……。

そうじゃないんだ、俺さっき額子にふられちゃったんだ。

しかもあの女。いつの間に別のオトコとできてたんだろ。くやしいか俺、怒りたいか俺、追いかけて髪の毛ひっつかんでびんたの一つもくれたいか。

無理。

俺には無理。

結局俺にはかなわなかったんだ。

ハナからそういう気がしてたけど、二年経ってもやっぱりそうだったんだ。

泣くか俺。ばか、こんな惨めな格好で泣いてたらまるでレイプされたみたいじゃないか。まあそうなのかもしれないけれど。合意の上とはいえ、レイプみたいな別れ方をされっちまった。


寒さがヒデを包む。額子の母ちゃんのおでんが食いてえ。

競馬場の裏を入ったところだ。何度か連れていってもらったことがある。母ちゃんが一人でやってるひっそりしたおでん屋だった。おでん以外には日替わりの簡単なつまみがちょっとだけあって、夏になれば焼き鳥をやっていた。競馬のない日は常連のオヤジが来るだけで、テレビも音楽もかからない静かな店だった。お湯の沸く音が聞こえるような店だった。

額子は、オートレースべえやってる父ちゃんと折り合いが悪くて早くに家を出たんだけれど、母ちゃんの店にはよく顔を出していた。兄ちゃんもいたと言ってたけれどどこで暮らしているのか知らない。実家にいるふうではなかった。

額子の母ちゃんはもちろん店をやってるくらいだから額子よりずっと明るくて親し

みやすかった。声と、面長な顔の輪郭が似ていた。額子の母ちゃんは、あんまり飲みすぎんじゃねーよ、と言いながら額子に熱燗を出してやっていた。俺にも優しかった。俺は緊張して、特にさっきまでやっていたやらしいことを思い出すとなんか母ちゃんに悪い気もしてあんまり喋れなかったけれど、まるで俺が小さいときから知ってるおばちゃんみたいに話しかけてくれた。三十に近い娘が学生の恋人を連れてきたというのに非難がましい顔ひとつしなかった。

うまかったなあ、あそこの大根。それと色がしっかりついたたまご。あと、俺が好きなのはほこほこした手作りのロールキャベツ。

ろくに客も来ない店の終いに母ちゃんがのれんを中にしまっているとき、俺はいつも変に悲しいような気分になるんだった。

もう、あの店に行くこともないんだろうか。

冷えるなあ、おでんだなんて贅沢を言わなくても、熱いカップラーメンでいい。コーヒーだけでもいい。

家に帰れば、昨日の残り物が何かあるだろう。パンチパーマのおふくろにまた小言を言われながら味噌汁を温め返して俺は飲むだろう。俺んちのおふくろは鬼にそっくりで、おやじは貧乏神にそっくりだと言ったら額子はくくくと笑ったっけ。よく男は女親に似て女は男親に似るとか言うけど、俺はどっちかと言えば貧乏神系で、ひとつ上の姉は鬼系だ。動き方から体型からどこをとっても田舎のおばさんだ。

そんなしょうもない家でも帰りたい。

マジでこれ以上腹を冷やすと洒落になんねえ。俺は人より腹が弱えんだ。

どうすれば解放されるんだ。額子、一体いつからこんな変なことを考えてたんだ。解放されるためには何をすればいいいんだ。ああ、ホシノでもいいから俺を見つけてくれねえか。


ホシノというのは額子が一年くらい前に気まぐれを起こして知り合いからもらってきた犬の名前だ。もらい手がなくて中途半端な大きさに成長してしまったその犬は少しばかだがヒデが額子の部屋に行ったときにはいつも玄関に出てきて際限なく尻尾を振った。なんでホシノなんて名前なのかと聞くと、額子は、

「別れたオトコの名前」

と言った。

「どんな人だったん？」

「こんなんさね」

「なんで別れたん」

「別に」

　セックスのとき、ホシノは大好きな骨のおやつと一緒にベランダに追いやられた。ホシノはタマを抜いた雄だったけれど俺たちがどんなことするんだか知ってたんだろうか。動物だからわかってたような気もする。

　ときには二人はジムニーの後部座席にホシノを押し込んで、河原に出かけた。二人が出かけようとするだけでホシノは興奮のあまりきゃふんきゃふんと鳴き声をあげて狭い部屋の中をぐるぐる走り回って額子に叱られていた。烏川《からすがわ》の河原に解き放たれたホシノは全速力で駆け巡り、息を切らして戻って来た。ヒデが投げてやるボールをジャンプして受け止め、ときどきはどこかに失くした。二人はベンチに座って額子が朝から難しい顔をしてこしらえたハムとツナのサンドウィッチを食べ、魔法瓶に入れてきたコーヒーを飲んだ。

　ホシノは多分、額子が遊ぶほかの男とも遊んだのだろう。結婚相手とも遊ぶのだろう。誰にでも尻尾を振るのだろう。

　ホシノってどういう男だったんだろうか。まさかホシノとよりを戻して結婚するわけじゃないだろうな。だとしたら犬のホシノの立場はどうなる。まさかまさかまさか俺の「オオス」って名前になるとか？　そりゃねーや。

今日はやけにいろいろあった。いや、もう昨日だ。

「就活、どうすんだよ」

学食で、妙に甘いカツ丼を食べながらヒデの数少ない友人の加藤が言った。卵なしのカツ丼にすればよかったとヒデは思った。

「ほんと、どうすんだかな」

就職どころか学校に来るのも久しぶりだった。就職よりも単位の方が問題だ。

「留年するのか」

「留年するか、中退するかだな」

ヒデにとってはどちらでも同じことだった。スーツを着て活動する加藤を見ているといつでも興ざめな気がした。それでも県内では割と格の高いホテルに就職が決まったと聞くと、急に彼が遠くに行ってしまったように感じられた。

ヒデは東京に働きに行くか、県内で仕事を探すか迷っていた。いい年をして実家にいる気もしないが、東京に行ったら額子と会えなくなってしまう。大学進学のときは費用のかからない県内を迷わず選んだが、ＯＢの活躍と言っても公務員か県内の金融関係くらいで、東京で就職となったら全く武器にならない学歴でもある。多分、今行かなかったら一生県内で過ごすことになるだろう。東京に何を求めているわけでもないけれど、そうなると迷う。

「ネユキはどうしてる?」

ヒデは聞いた。

「最近会ってねえよ」

「眠り病かい」

「ひきこもりだな」

山根ゆきのことをもっと聞きたかったのだが、加藤は自分の女の話をした。加藤は合コンで知り合ったちょっとわがままな短大生とつき合っていて、何年かたってある程度の貯金ができたら結婚するつもりだと言った。ヒデはそれを子供っぽい、ついこないだまで素人童貞だったくせにと思った。ヒデは額子との結婚など考えたこともない。ただ、このままだらだらとつき合えればいいと思っていた。多分、このだらだら感が自分にとって唯一本当のことなのだと思っていた。

なんでネユキに会いたくなったかと言えば、鍵を拾ったからだ。学校の、屋上に出るドアの鍵だ。差しっ放しになってたのをヒデがもらった。屋上は普段学生に開放されていない。だからヒデは誰も来ない屋上へと続く階段に座って、はめごろしの窓の下でひなたぼっこをしたり文庫本を読んだりしていた。

初めて屋上に出たヒデは何をするでもなかったが、タバコを吸ってぼんやりと赤城山の下に広がる前橋の街を見た。県庁や市役所、加藤の働くことになったホテル、そして利根川の向こうには自分の住んでいる高崎の街が見える。浅間は曇っていたが榛名はよく見えた。気持ちのいい場所だった。もしも他に合い鍵がなければ屋上は俺だけの場所になる。缶ビールを持ち込んで夜景でも見てやるか。それもいいな。ネユキに教えてやりたかったが、彼女は相変わらずひきこもっているらしい。

ああ、昨日はいろいろあった。

きっと明日からの俺には何もない。額子が、もし本当に自分から去ってしまったとしたら、もう何もない。あるのは甚《はなは》だしい困惑だけだ。

夜は明けるのだろうか。夜の間はまだヒデは非現実の空間にいられるように思えるのだが、明るくなってきたらそのときは全てを受け容れなければならない。明るくなってきたときこそ一人になる。変態としての一日が始まってしまう。もう、のんびりと昔のことなど思ってはいられなくなる。

どうやって助けを乞うのか、考えなければいけない。

「あの、ちょっとすみませんが、僕の後ろのベルトを外してもらえませんか」

とでも言うのだろうか。ぶらさげたまんまで？　出来るだけ上品な顔を作って？

まさか。

「実はタチの悪い連中にからまれまして」

それもおかしい。タチの悪い連中ったってパンツを下ろしはしない。

「こんな格好にされて女にふられました」

それこそ頭がおかしいと思われてしまう。

いっそ変態が通りかかってくれたら話は早いだろうが、その変態に俺が何をされるかわからないじゃないか。俺はお仲間じゃないんだ。

どうしたらいい。

もちろん全部額子のせいだ。だけどもう額子はいない。

額子がいなければ、ヒデは留年を目前にした出来の悪い学生でしかない。なりたい自分もいなければ、やりたい仕事もない。十九歳からの二年間、ヒデはただ、額子に狂っていただけだった。

どうするんだこれから。

ヒデは自分の心臓の鼓動を感じる。自分に価値がないと思った瞬間から、心臓が動き出したかのようだ。

どうせだったら最後にやったとき中出ししてやればよかった。

くだらない。そんなことしたって何もならない。

どうせだったら愛してると言ってやればよかった。

嘘だ。愛してるなんて言葉は嘘だ。多分一生誰にも言わないだろう。そんなのは映画のなかの言葉だ。

どうせだったらやっときゃよかったんだ。昨日。

そうだ。そしたらこんなことにはならなかった。やられっちゃったからこんなことになった。


二十歳の誕生日に額子から贈られたものは、ポール・スミスの真っ赤なダッフルコートだった。ヒデが驚きを隠せないでいると、

「ほんとは消えモノの方がいいんだけど」

と額子はきまり悪そうに言った。

「消えモノって?」

「花とか食べ物とか、残らないもの」

「俺はこれがいい。ずっと大事にできるから」

ヒデは春になるまで毎日そのコートを着て歩くようになった。

ヒデの着るものなどに普段は興味を示さない家族も、これにはさんざんケチをつけた。

「あんたそんなの着てると余計ばかげに見えるね」

鬼パーマは言った。

「ポール・スミスなんて着る人選ぶし」

と、小鬼が言った。そして生意気にも、私が着てあげるから貸してよ、と言った。

貧乏神は何も言わなかったが、いつまでも大学生だと思って遊びくさって、という顔をしていた。

東京の学生だったら、恥ずかしいなんてこれっぽっちも思わずにこんな派手なコートが着られるのだろうか、とヒデは思った。当然、下宿してるだろうから家族に服のことなんか言われない。東京に行きさえすればなにかが変わるのだろうか。俺も少しはしっかりするのか。

畜生こんなに冷えるんだったらあのコートを出してくれればよかった。こんな目に遭《あ》うんだったら。

二十一歳の誕生日まで、あと二週間だったのに。

生理なんて言ってたけど絶対嘘だ。額子は生理のときにはヒデの体に手を触れない。ましてやフェラチオなんて絶対しない。

「風呂でエッチすればいいじゃん、俺平気だよ」

と言えば、

「したいだけなら帰れば」

と額子は冷たく言うのだ。そして不貞腐《ふてくさ》れたように酒を飲みはじめる。

それが夕べに限って違った。

額子は含み笑いをしながら言った。

「もっと楽しいことしようか」

はしゃいで、からみついてくるホシノを追い払って額子とヒデは外に出た。

「そこに立って」

夜の陰の公園の隅のケヤキの木を背にしてヒデを立たせると、額子はねっとりしたキスをしながらヒデのベルトを抜き取った。

「目つぶりなよ」

額子は後ろにまわってすばやくベルトを締め付けた。まるで何度もこういうことをしたことがあるみたいだった。額子はヒデの正面に戻ると跪《ひざまず》いてジッパーを下げた。楽しそうだった。額子に犯されるようでもあるが、自分の足元にいる額子の姿はたまらなく愛おしい。同じ額子なのだけれどいままでの額子と全く違う。そのすべらかな髪をなでてやりたいがヒデはケヤキの木と額子の口に挟まれて身動きできない。ヒデはひどく興奮する。何もされていないうちから声が出そうになる。

額子は上目遣いにヒデを見上げ、ゆっくりと舌を這わせる。口に含み、音をたてて陰茎をすする。ヒデがたまらず全身を硬直させて顔を天に向けると、額子はゆっくりと口をはずして、そしてまた上目遣いに見る様子なのだ。

出したい、早く出したい。思いきり出してしまいたい。

額子は頭と体を揺すりながらしゃぶりはじめる。先端がどんどん額子の咽喉の奥にぶつかっていく。額子の動きが激しくなる。唇が根元をきつく締める。ヒデはもう自分をコントロールすることができない。

「額子、出ちゃうよ」

その途端。額子は無造作に体を離す。テレビのリモコンでも切るように。

「ちんこって、舐めてみるもんだな」

ため息交じりに額子が言う。

出しそこなったヒデは硬直させたまま、額子の口がもう一度近づいてくるのを待っている。話なんかどうでもいい。もう一度さっきみたいにして欲しいのだ。

「迷いがなくなった」

低い声で額子は言った。

「え」

「結婚するんだ、私」

ちょっと待った、どういうことだよ。全然わからねえ、っていうか途中でやめんなや。

「額子」

「もういい、すっきりした」

いや、俺は。俺はまだなんですけど。すっきりどころかビチビチなんですけど。

「結婚て」

「うん、もう決めたから」

「どういうこと？」

「うん」

額子の「うん」はそのあとに何の説明もしないという意味だ。ちょっと待ってよ、と言おうとするが額子は既に立ち上がり、ジーンズの膝についた土を払っている。ヒデは縛りつけられていて何もできない。

「俺のことは」

大体下半身丸出しにしてこんなことを言うこと自体どうかとヒデ自身思うが、余裕がない。

額子はヒデのほほに貼り付くようなキスをする。そして囁く。

「遊び以外のなんだって言うんだよ」

「そりゃ……」

額子はさよならも言わずに背を向けて去って行く。

「待てよ、ちょっと待てよ」

ヒデは言う。大きな声を出したいのを必死で押さえて言う。

「ちょっと、額子、これなんとかしてよ！」

額子、どうすんだこれ。俺、こんな格好で。額子、まさかこれで終わりとかじゃねえよな。俺が何したっていうんだよ。俺、何もしてねえし、額子を怒らせるようなことなんて。

「額子！」

額子の姿は木々の間に隠れ、そのまま視界から消えた。

なぜだ。

その無理な姿勢でヒデは少しうとうとしたようだった。手首に体重がかかった痛みで目が覚めた。

全身が冷えきっていた。体中が重い。

額子の体のにおいはいつもあたたかかった。俺はあのにおいをいつまで覚えていられるだろうか。においの記憶というのは、ほかのいろんな記憶と違ってうつろいやすいものだ。

額子はすぐに俺のことを忘れてしまうだろう。俺はいつまでも額子のことを覚えているだろう。

次の瞬間、音のない音楽がヒデを包んだ。ヒデははっと目をあげる。よぎった香りをとらえようとする。冷たくはないが、爽やかな気配がする。

想像上の人物だ。

ヒデは大きく息を吸う。目を見開いてその気配を摑もうとする。そんなことは無駄だとわかっていても、もしも姿が見えたら、知っている限りの言葉で話しかけたいと思う。ヒデを助けに来てくれた、それ以外に今、想像上の人物がここにいる理由はない。

それが一瞬だか長い間のことかヒデにはわからない。ヒデは多幸感《たこうかん》のようなものに浸っていた。

どんな肌が触れることもなく、これ以上手首を絞めあげることもなく戒《いまし》めが解かれた。ヒデは自由の身になった。腕がしびれてしばらくは何もできない。木の後ろを覗きこむがそこには誰もいない。ヒデのベルトさえも落ちていない。あわててボクサーパンツを引き上げ、ジーンズの前を閉め、二三歩歩いてベンチに腰を下ろす。長い息をつく。

夜明けが近い。黒々としていただけの公園の木々の輪郭がはっきりと浮かび上がっていた。まだ、色はない。山は見えない。或いは今日はガスっているのかもしれない。

額子は俺が何十回も泊まったあの部屋で、ぐっすり眠っているのだろう。一人だけの眠りをむさぼっているのだろう。ゆるやかに呼吸し、あのやわらかい胸は規則的に上下していることだろう。ホシノもちゃぶ台の下で丸くなって眠っていることだろう。額子の母ちゃんもとっくに店を閉めて家に帰っただろう。加藤は短大生の夢でも見てるだろうし、俺の家族もみんな寝ている。静かな時間。誰もが一人でいる時間。多分眠り病のネユキだけがフローリングの床にじっと座ってまばたきをしている時間。

ヒデはまだ手首を気にしながら公園のベンチにのびている。ネユキに電話してやろうか、と思ってふと空を見たとき、ヒデは見た。まだ最後の星が見える空の高みに想像上の人物が舞っていた。薄物っていうんだろうか、ガウンみたいな着物を着て、円を描いて飛翔していた。ヒデはひょっとして自分が狂ったのではないかとおののく。なにが夢だったのか、どこまでが現実だったのか。夕べ起きたこと、去ってしまった額子のことさえも本当だったのか区別がつかない。ヒデは天を舞う想像上の人物を見つめ続ける。もう寒さも感じなくなった。やがて朝日が差す頃、自分はここでこのまま眠ってしまっていて、目を開けたときには自分はいままでの自分ではなく、想像上の人物はそこにいないだろうということをヒデは知っている。

3

そもそも「眠り病」という言葉を使い出したのはネユキ自身で、高校の頃からそうだったと言われれば、誰も疑う者はいなかった。ひきこもりや昼夜逆転生活というのは珍しいものでもないし、それがために大学に来られないと言えば、そんなものかとヒデは思う。それだけネユキの心が傷つきやすく、彼女なりに防御をしていないと大学という社会に出てこられないのだろうということは、ヒデにだって察しがついた。

ヒデは「眠り病のネユキ」のことを深く思ったことはない。ただ、ネユキは同じ講義に出れば必ずヒデの隣に座ったし、彼女の持っているゆるやかな雰囲気が彼は好きだった。そのゆるやかさは、一瞬だけヒデに許されたものであって、どこまでも続いているものではなかった。ときたま、ネユキとヒデは誘い合って飲みに行き、ネユキは大したことも喋らずににこにこしていた。それはネユキの育ちのよさから来るものかもしれないとヒデは思っていた。そのあとヒデは二次会と称して大学のそばのネユキのアパートに行くこともあった。もちろんヒデとネユキの間には何もなかった。

ネユキの実家は埼玉の本庄だった。なんで家から通わないのか、とヒデが聞くと、一人になりたかったから、と答えた。でも別に親と仲が悪いとかじゃないんだよ、ただ、自分の家は建て替えてからなんだか居心地が悪くなっちゃって。

部屋では、ネユキはいつだってイエスのアルバムをかける。ネユキはイエスしか聴かない。

ヒデは言う。

「ラウンドアバウトって意味なんだったっけ?」

「迂回《うかい》。僕は迂回するだろう、僕は君を忘れないだろう、そういう歌詞だったと思う」

或いはヒデは、こんなことを言う。

「こわれものって、フラジャイル？」

「うん。原題はそう」

「フラジャイルって曲が入ってるの？」

「ううん。ないよ。ねえ、壊れないものって何があるかな」

「俺のおふくろ」

「そんなんじゃなくてさ」

「そうだな。原子とかならあるんじゃねーの？　わかんねーけど」

「放射線だって半減期があるよね。なら、永久に壊れないものって」

「永久なんてもんはねーよ、というか、その永久って言葉が俺は嫌いだ」


ネユキは風呂の脱衣場でチェックのパジャマに着替えると、ヒデの布団をベッドとTの字になるように敷いた。もし寝返りを打っても触らないで、夜中にトイレに行っても間違えないで、という意味だった。そういうことを口に出さずに、子供っぽいメッセージの形で伝えるところが、ヒデには好ましかった。ネユキは眠り病の名に違わず、ベッドに入るとものの二分もたたずに眠りに落ちた。ヒデはなんとなく眠れないようなふりをしていたが、むろんそんなことはふりだけだったので、ネユキの軽い寝息を聞けばすぐに眠くなった。

もしもネユキがヒデに言い寄ってきたら、そのときは二人がどう変わるかわからないけれど、今のままなら自分からネユキを女性として見ることはないだろうな、とヒデは思っていた。

ネユキはいい生活をしていた。バカラのグラスを持っていたし、クルマもアコードワゴンを新車で買った。部屋にはデュアルプロセッサの搭載されたパソコンがあった。小柄な体に似合うカジュアルな服はいつも同じパターンだったが、もしかしたらそれだって高かったのかもしれない。ヒデにはそういうことがわからない。ネユキの父親は東京の大学で法医学を教えていると言った。

「いいよな、ネユキは親が金持ちで」

と、ヒデが言ったとき、ネユキは憤然として、自分は家賃も学費も自前でやっているのだ、と言った。

「まさか変なバイトをしてるんじゃないだろうな」

とヒデが言うと、ネユキはにやり、と笑って、

「変なバイトじゃなくて、変な仕事してるんだよ」

と答えた。

「私、勤労学生なの」

「どんな仕事だよ?」

「今度話すよ」

ヒデはネユキがあられもない姿で中年の客を相手に働いているところを想像してひそかに勃起した。

額子とはあれっきりだった。どこにいるのかもわからなかった。リアにラスタカラーのステッカーが貼ってある銀色のジムニーを目にすることもなかった。結婚すると言っていたのだからあのアパートにはもういないだろう。どのみち、上佐野《かみさの》なんて用事がなければ行く場所じゃないのだ。もし額子が高崎駅前の高層マンションにでも住んでいたら駅に行くたんびたんびに心がシクシクしたかもしれなかったが、もちろん額子はそんな金持ちではなかった。

どんな男が、あのぶっきらぼうな額子と結婚して暮らしているのか、俺の代わりに額子とセックスしているのかと思うこともときにはあったが、普段ヒデは周到な回り道をするように、額子のことを考えることを避けていた。

むしろ額子より犬のホシノを思い出すことが多かった。犬の散歩をしている人を見て、ホシノは大きくなったんだろうか、と思うことがあった。自転車で走っていてどこかで犬の鳴く声がすると、まさか、と思うことがあった。

四年になったばかりのとき、ネユキは大学をやめた。突然のことだった。そして東京でマンションを借りたと言った。なんで卒業しないの、とヒデが問うと、大学に行かないのにこれ以上続けても仕方ない、という答えが返ってきた。滅多に大学で姿を見ないのだからそれはもっともだった。

「東京のどこに住むの？」

「目黒」

「ああ目黒」

と言ってもヒデは行ったこともなかったし、目黒について何も思い浮かびはしなかった。目黒というのは彼にとっては完全な記号で、それはある意味、犬のホシノの名前の由来に似たところがあった。

ネユキのアパートの引越はヒデが手伝った。ペンダントライトやスタンドを梱包し

ているヒデに、ネユキは、

「いままでみんなに隠してたけど大須には言うね」

と言った。

「私デイトレーダーやってるんだ」

「なんなん、デイトレーダーって？」

「株やってるの」

「カブってあの株？」

「うん」

やべえじゃん、とヒデは思う。そのうち借金で丸裸になるんじゃないのか。

「それで今まで学費とか払ってこれたん？」

「うん」

「それってすごくねー？」

でも、いつかやめた方がいいんじゃねーか。本人はプロだって思っててもああいう世界はバクチなんだから。俺もよくわからないがああいう世界は。

「うん、ちょっとすごい」

にこにこしながらネユキは答える。

「じゃあ、今夜寿司奢れよ」

「いいよー」


住宅街のなかの小さな寿司屋に行った。前にも来たことがあるのか、板前は愛想よく、今日はどうします、と言った。ネユキはごく自然に、おつまみを適当にお願いします、と言って、ヒデはそのおつまみというのは一体どんなものなのかと思った。ヒデはそれまで、出前以外で寿司を食べたことがなかった。学生の分際でネユキが一人で寿司屋に出入りしているとしたらそれはすごいことだとヒデは思った。

「東京行って、どうすんだよ」

ネユキのグラスに冷酒を注いでやりながらヒデは言う。

「だいぶ資金がまとまってきたから、どう運用するかこれから考える。どっちにしても東京の方がいろいろ便利だし」

「でもそういう仕事ってさ、リスクもでけーんじゃねーの？」

「投資資金は生活費とちゃんと分けてるから、大丈夫だよ」

「そんなもんかい」

「うん」

期待していた「おつまみ」が単なる刺身の盛り合わせであることにヒデは少しがっかりしていた。

「なんか、ネユキが大人に見えてきた」

それは見えすいたお世辞だったが、ネユキは「何言ってんの」と言って笑った。

「いつでも遊びに来てね」

「遊び以外で行く用事なんてねーよー」

「わかんないじゃん、東京に就職するかもしれないし」

「どーかな」

「出張とかで来るかも、スーツ着て。見てみたいな、大須のスーツ姿」

そういうときのネユキは実に楽しそうに笑うのだ。くすくす笑いがねずみ花火のように明るく転がりながら体中駆け巡るような、そんな笑い方をするのだ。見ているヒデの方がこそばゆくなってくるような。

「んなわけ、ねーだろー」

と言いながらヒデはなんだか、この瞬間が捨てがたい、懐かしいものに感じられてならなかった。

その日は泊まらずに帰った。思い詰めたような別れは嫌だったので、ネユキがまだ飲みたそうな甘い顔をしているときに「けえるよ」と言って別れた。外はなんだかうそ寒いようだった。自分の家に帰る道でさえ、よそよそしく感じられた。

その後ほんの一時、ヒデはもてた。どうしてだか全くわからなかったが、実にもてた。

合コンで出会った子もいたし、焼鳥屋のバイトの子もいた。携帯を買いに行っただけで店員がメールアドレスを教えてきた。そこそこの美人もいたし、眼鏡が似合う子もいた。ただ、一度寝ただけでまるで前人未踏《ぜんじんみとう》の地の領有権を主張するかのごとくヒデを拘束《こうそく》し、メールや電話で今現在どこで何をしているのかと詰問《きつもん》し、逃げれば逃げるほどしつこくなる女というものが怖くて、ヒデは次第に消極的になった。もちろん、そんなヒデから女達は次の狩りへと去って行き、彼はまた一人に戻った。あらかたを把握していた友人の加藤が嗤《わら》った。

俺の人生はこういうことの繰り返しなのに違いない、ヒデは自分のなかで神妙な部分が囁くのを聞いた。しかし俺には男としてのプライドっていうものはないのか。なんかもっとねーのか。ヒデが自分の部屋で毎日酒を飲むようになったのは、その頃だった。思った以上にヒデは飲めた。テレビを見ながら泥酔した。いつの間にか寝ていて次の朝が来た。俺は思った以上なんじゃないかとヒデは錯覚した。これまでにもまして愚かになっていくことには気がつかなかった。

夜中に、静かな住宅街をコンビニまで歩きながらヒデは想像上の人物を探した。決して見つかることはなかった。どこにもそのひとはいなかった。酔って空を見上げるヒデの視界はいびつだった。

ネユキに先を越された気がして中退は出来なくなってしまっていた。仕方なく、ヒデは試験のための資料をかき集め、いやいやながら稚拙な小論文を書いた。留年はしたものの、ヒデは大学を卒業した。サークルに入っていないヒデの五年目はもう知っている仲間もいなくて、ただ単位を取りに大学に行くだけだった。講義が終わればさっさと帰り、夕方はバイトをした。

いくばくかのコネと瞬間的な熱心さでヒデはなんとか就職を決めていた。うっすらと東京で働いてみたいという思いは持ちつつも、その可能性は殆どない、県内中心のチェーン展開をしている家電量販店だった。

ネユキとのつきあいは、たまにメールが来る程度だった。年末やお盆といった時期は、店舗が一番混雑して休みがとれなかったので、ネユキが本庄に帰って来るのかなとは思いつつもヒデは声をかけることをしなかった。

久しぶりにネユキに会おうと思ったのは、高校時代入っていた軟式野球部の先輩の結婚式で東京に呼ばれたときだった。熱心にクラブ活動をしていたわけでもなかったが、その先輩だけはヒデのことを可愛がってくれていた。

他に東京に親しい友人はいなかった。

結婚式の後、寄ってもいいかな、とヒデは電話した。

「ぜひぜひ来て。ウチに泊まっていけばいいよー」

「いいのかな、お言葉に甘えちゃって」

「いいに決まってるよー」

「じゃあ、よろしく」

「式終わったら電話ちょうだい、駅まで迎えに行くから」

結婚式は、思った通りつまらなかった。都心のホテルから解放され、なんとか地下鉄南北線への乗り換えに成功したヒデは、目黒駅で下りて地上に上がった。窮屈な礼服を着て、引き出物の袋を持ったヒデは少しじりじりしながら待った。あいつ、ほんとに一人暮らしなのかな、男が合い鍵で入って来たら、俺、絶対疑われるよな。でも、男がいたらそれだけでも迷惑だよなあ。いいのかな、でもネユキがいいってんだからいいのか。まあ、気にしなきゃいいか。

「ごめん、遅くなって」

ネユキの声がすぐ耳元でした。

「ああ」

久しぶり、と言おうとする前にネユキはけらけら笑い出した。

「こんな格好してる大須見るの、初めて」

「だってしょーがねーだろ」

「思ったより似合うじゃん」

「んなこたねーよ」

ヒデは照れた。

駅からだらだらと続く坂を下りながら、

「ネユキは変わってないなあ」とヒデは言った。

「ちょっと太ったよ」

「そうかあ、わかんないけどな」

変わっていないと言ったけれど、何かが変わっているような気がしてならなかった。ネユキの目つきは、これほどうるむようだっただろうか。喋り方はこれほどはっきりしていただろうか。

わからない。

「俺変わった?」

「全然。まだ学生みたいに見える」

「よく間違えられるんだよ、バイトと」

ネユキは笑った。けれどヒデはどこか神経質になっている自分を感じた。

「これ、おまえにやる」

引き出物の袋を差し出した。

「中身も見ないうちにくれるの」

「どうせ皿とかだろ」

「ありがと」


ネユキの部屋は、真新しい高層マンションの十階だった。

「高そうだな」

「そうだね、東京だから」

ネユキは少しぼんやりしたように答えた。

部屋に上がるなり、ジーンズとTシャツに着替えたヒデは「あー疲れた」と言って部屋の真ん中に座り、ネユキが差し出した缶ビールを開けた。ネユキの部屋が、前橋の昭和町のアパートとは違う間取りで、はるかにいい部屋なのに同じ印象であることがおかしかった。初めて来るのに、そこは何度もヒデが酔って泊まったあの部屋だった。同じ食器戸棚があって、同じような趣味のカーテンがかかっていて、ベッドカバーも一緒だった。

けれど何かが違った。

もう、イエスは流れていなかった。コンポはうっすらと埃《ほこり》をかぶっていた。音楽の失われた長さをヒデは感じた。壁に貼られていた抽象画のポスターは消えていた。

注意深く、失われたものをヒデは探した。本棚の印象はまるで違っていた。ヒデはそこで探していた奇妙さに出合う――魂とか、生きるとか、世界とか、そういったタイトルの本が並んでいた。なんだか嫌な予感がした。

ネユキは布団をT字形に敷かなかった。

そしてけだるい声で言った。

「するんでしょ?」

「えっ」

「だって、そう思って来たんじゃないの」

「まさか。だって俺――」

「大須だって男の人なんだから、考えたことあったでしょ」

「いや考えない、まるで考えない、俺ぁ考えない」

脇腹をさぐりながら身をもたせかけてきたネユキを振り払ってヒデは半ば叫んだ。

「おまえとはそーゆーんじゃねーだろが!」

一瞬、ネユキは眠りから覚めたような顔をした。

「ごめん」

「いや、いいよ。こちらこそごめん。気に障ったら謝るよ」

「ううん。違うの。今の私は一人でも多くの男の人と交わるべきだって、タクセンさまに言われたから」

ヒデは身震いする。ネユキがなんかやばい。ものすごくやべーことになっている。

目が覚めたのなんて一瞬で、またやばい眠りに落ちてしまった。

「なんだよ、何言ってんのかわかんねー」

「ごめん」

ネユキはぼんやりとした声を出した。

「じゃなくてそのタクセンって、なんなん？　なに言われたん？」

「神が人に乗り移ったことを、託宣って言うじゃない。ゼンチシンさまのご意志を伝える人のこと。タクセンさま」

ヒデの心が震え出す。

堰《せき》を切ったようにネユキは話し出した。

「ずっと私は自分の責任で生きてると思ってたんだよ。株でうまくいくのもいかないのも自分の勘だと思ってた。自分のお金って感じはしないけれど自分の責任で稼いでるって思ってた。でも違ってたんだ、ゼンチシンさまのおかげだったんだよ。生きてるってことの全部がゼンチシンさまの御許《みもと》に行くためのプロセスだったんだ。私わかったんだよ」

なんだよそれ。おい、しっかりしろよネユキ。夢でも見てんのか。

「なんだよそのゼンチシンさまっての、どー書くん？」

「全てを治める、全てを治す神さまって書くの。世の中をよりよく治めて、心も体も癒して下さる唯一の神様だよ。私もゼンチシンさまを信じるようになってからすごくよくなったと思う。科学も社会も芸術も、いろんなことが単一じゃなくて全て融合されて世界が成り立ってるんだってわかるようになったし、人間がどこから来てどこへ行くのか、そういうことを考えるようになったんだ」

なんのことやら、なんでそうなったのか、俺を勧誘しようとしているのか、まさか。

「ネユキ、いつからそーになったん？」

「奇跡が起こってから」

「奇跡って？」

「大須は信じないと思うけどさ、きっと後から私が作ったって思うんだろうけどさ」

「わかんねーけど」

「私、死のうかと思ったことあるんだよ、それで」

「マジで？」

死ぬ、という言葉がちょっと気の利いた買い物のように発されるのを聞いて、面倒だなとヒデは思う。しかしその面倒というのが迷惑という表情になって現れたら困るな。俺は薄情な男じゃないんだが、自殺自慢なんていうのがたまらなく嫌なんだ。

「うん、ある日もう何もかも嫌になって外廊下から飛び降りようとしたの」

「それって、株で大失敗したとか」

「いや、そうゆんじゃなくて、ただの失恋だったの、それは」

「最近？　どんな男？」

「その話はいいよ。今はどうでもよくなっちゃった、それで奇跡が起きたんだよ」

「ああ、飛び降りようとしたら？」

ヒデは明らかに興味のなさそうな声を出していた。ネユキの失恋の話の方が「奇跡」なんかよりよほど面白そうだった。

「確かに飛び降りたはずが、戻っちゃった」

「うそだろ」

「ほんとほんと。だから奇跡なんだよ」

「そりゃ、それがほんとだったら奇跡だろうけど」

「信じないでしょ」

「にわかに信じがてぇな」

しかしネユキは落胆の表情を見せない、むしろますます生き生きして、熱っぽい目つきになる。

「ちょうど、オッカイ様が来たのもその頃」

「オッカイ様?」

ヒデは一瞬、想像上の人物のことを思った。しかし、話を聞けばオッカイ様というのは宗教の勧誘にやって来た中年の女性のことだった。

ヒデは失望した。

「株は、まだやってんのか」

声がかすれた。

「やってるよ。経済活動って哲学だからね」

「哲学って」

「献金のことを大須は思うかもしれないけど、それは私にとって必要なものだから」

「必要?」

「私が献金するのは自分の都合では生きないという証だから。これから生まれて来るすべての子供たちが平和にすごすために宗教はあるんだよ」

ああ、もうこいつとは言葉が通じなくなってしまった。哲学。平和。そこまで行ってしまったか。平和なんて言葉をためらいもなく口にするようになってしまったか。

なんでこんなに抽象的になってしまったんだネユキ。

もはやヒデにとって彼女は山根ゆきの姿形をした全くの他人だった。ヒデの知っていたネユキは目の前にいるにもかかわらずとても遠くに行ってしまった。また、どこかで手を離してしまったのだ。高波に呑まれるようにあっという間に遠くに連れ去られた。

けれど、ヒデがネユキの名前を忘れることはないだろう。ヒデは「ラウンドアバウト」の歌詞を思い出す。――迂回。僕は迂回するだろう、僕は君を忘れないだろう――

ヒデは自分の隣が、空席になってしまったことを知った。「永久」という言葉を使いたくはないが、それは長い時間になるだろう。

「大須は救われないんだよ。可哀想だと思う」

ネユキは組んで座った右膝の方を見ながら言った。そのせいで、彼女の表情はよくわからなかった。

「こういうことはないと思うけど、でもさ、ネユキが昔みたいにまた、物事を考えられるようになったら、そしたら俺に連絡――」

「出てって」

突然立ち上がり、ネユキは強い口調で言った。気圧《けお》されたヒデが何も言えず玄関を出て靴の紐を結んでいるうちにドアが閉じられ、中で重い鎖が落ちるような音をたてて鍵が閉まった。

4

明るい日々もあった筈だった。大学で同級生だった加藤とはよく会っていた。ヒデは家電量販店チェーンで働いていて、三年で営業部から商品管理部に異動した——つまり、ユーザーに売る側からメーカーから仕入れる側に変わった。仕事は面白いというわけではなかったが、可もなく不可もなくというところだと思っていた。多少のストレスはあったけれど、それはどんな仕事をしていたってあるだろう。ヒデはよく働き、夜になれば酒を飲んだ。仕入れ先の人と飲むこともあったが、そのうちに一人でも飲みに行くようになって飲み仲間もできた。愉快なことがたくさんあったように思う。

翔子は加藤の婚約者の友だちで、中学二年まで東京育ちだった。女子大を卒業して私立中学の教師をしていた。一目見てヒデは気に入った。四人でスキーや旅行に行った。翔子は加藤の婚約者よりずっと美しかった。聞き上手で、よく笑った。笑いながら髪をかきあげる仕草に、ヒデは見ほれた。二人きりで会うようになるまで時間はかからなかった。休みの日は翔子のアパートに入り浸り、翔子は嬉しそうにヒデの世話を焼いた。

「でも、飲み過ぎないでね。体に悪いから」

翔子は笑いながらそう言った。

「俺ぁ大丈夫だよ。強《つえ》えんだから」

二年がたった。ヒデは二十八歳になっていた。

翔子と結婚するのだろうとヒデは思った。しかしどうしていいのかわからない。どうやって進めていっていいかわからない。それを相談したいと思って新婚生活を送っている加藤に会った。そしてヒデは驚愕する。

「おまえさ、毎日飲んでるだろ」

「そんなこたぁねーよ」

嘘だった。ヒデは毎晩つぶれるまで飲んでいた。

「翔子ちゃんと結婚したいんだったら、酒のこと考えた方がいいぞ。休肝日作るとか、一ヶ月くらい酒やめてみるとか」

「なんでそんなこと言うんだよ」

「俺とおまえの仲だから言うけどさ、最近酒癖悪いんだよ。覚えてないだろうけど」

「うそだろ」

確かにそう言われれば、記憶の無い夜が増えていた。気がつくと朝が来ていて、ヒデは布団の中でアラームに起こされているのだった。それでも家に帰れなかったことなど一度もなかったし、服のまま寝たりはしていなかったので大丈夫だと思っていた。

「酒癖悪いってどんな……」

「翔子ちゃんにからんだりさ、俺にもからむし」

「ってどんな」

「まあ、下らないことばっかだよ。でもそんなんで結婚したら翔子ちゃんが可哀想だ」

それが加藤からの最初の忠告だった。

加藤と別れてヒデは高崎駅西口近くの駐車場に車を停めると行きつけの店に入り、

酒を飲んだ。アル中扱いされたと思うと、むしょうに腹が立って仕方がなかった。俺はただ、好きで飲んでいるだけなのに。酒を飲んだら誰だって少しは酔うだろうに。

翌日ヒデは会社を休んだ。酒癖が悪いと言われたことがショックだった。加藤の冷淡な態度は何度思い返しても腹が立った。家族が家から出払うのを待ってヒデは近所の酒屋に行き、一升瓶を二本買った。もうだいぶ前から酒屋に行っても挨拶もしないようになっていた。

家に帰って自分の部屋で飲みながらヒデは思った。

翔子にからむなんて嘘だ。加藤の野郎、自分の女に飽きて翔子に興味を持ったんじゃねえか？

だって翔子から不平不満を聞いたことなんて、一度もないぞ。

飲み始めるとヒデは落ち着いて来たように思った。久しぶりの有休だ、酒くらい飲んで何が悪い。

飲んで運転するのにも慣れた。よくないことだとは思っていたが、携帯で喋りながらの運転の方がずっと危険だ。多少覚まして、気をつければどうってことはない。クルマがなくてどうやって翔子の家まで行けばいいというのか。

翔子。
なに？
振り向く翔子の顔には一点の曇りもない。
俺、酒飲んでからんだ？
……。
もしからんでたらごめん、俺、自分が何言ったか知りたいんだ。
……浮気してるんだろうとか。
ヒデは驚く。そして混乱する。
え？　俺そんなこと思ってないぞ。
うん。わかってる。私もほんと、何もないし。
俺、どうしたらいいのかな。
ヒデが翔子の目を覗き込むと彼女は、明るい表情で答える。
ねえ、またスキー行こうよ。旅行でもいいよ。米沢とか、村上とか行ってみたいな。
それで美味しいもの食べて温泉入って……。
いいよ俺は、家でおまえといれば。

ヒデくん、もうちょっとだけお酒減らそうよ。休肝日作ろうよ。

大丈夫だって。俺ぁ強えんだから。

そう言いながらヒデは強く不安を感じている。体の内側ががたがた震えるようだ。

これ以上言ったら怒る？

怒りゃしねえけど、しつっけえなと思うよ。

それ以来、ヒデは酒を飲むことにやましさを感じるようになる。飲めば他人から非難される。飲めば知らぬ間に人を傷つける。なのにどうして飲まずにいられないのだろう。


ここ数日体がだるい。肝臓だろう。沈黙の臓器肝臓が悲鳴をあげているということは俺はすなわち脂肪肝。或いはそれがすすんで肝炎、肝硬変。肝硬変という言葉は真っ黒なイメージだ。暗闇でなにも見えないような怖さだ。ああ体がだるい。何もしたくない。これ以上酒を飲むのが怖い。けれどどうやって夜の長さを酒なしで過ごしたらいいのだろう。それを考えるのは酒を飲むことよりも、肝硬変よりももっと怖いのだ。俺には、ああ酒が飲みたいと思いながら時間を潰すことなんてできない。眠ることだってできない。酒を飲む地獄と酒を飲まない地獄があるとしたら俺は間違いなく酒を飲む地獄を選ぶだろう。そして痛くて痛くて苦しんでやがて死んでしまうとしても、飲めない時間、時計の針を見続ける苦しみよりはずっとマシだろう。

でも、そんなこと絶対に人には話せない。

体のためにお酒をやめなさい。十人が十人そう言うわけで、俺はそれと反対の答を欲しがっているのだから。

親の家に住んでそんなことをやっているのだから、親だっていい顔をするわけがない。おふくろとは顔を合わすたんびにケンカする。働いて自分の金で酒を飲んで何が悪い、と俺は言う。

だってあんた、ふつうの人は自分で家賃払って貯金だってしてるんだよ、酒ばぁい飲んでても体ぼっこすだけでなんにも残んないじゃないか。

鬼パーマは言う。それが正論であればあるほど腹が立つ。

うるせえ。

俺はむかついて手に持っていたコップを窓ガラスに投げつけて割る。そうしてどたどたと二階の自分の部屋に上がり、財布をひっつかんで下りて来る。鬼パーマが何か叫んでいるが聞かずに玄関のドアを大きな音をたてて閉める。今夜は翔子の家に泊まるだろう。

だけど俺、なんで二十九にもなってこんな反抗期みたいなことやってんのか。

昨日、飲み屋でケンカをした。それははっきり覚えている。常連客の一人がからんで来たのだ。きったねえハゲのじじいだ。

「大須さん、風呂入《へ》ってる？」

「当たり前さあ」

「でもさ、臭うんだいね。なんか浮浪者みたいな臭いがさ」

「嘘べー言《ゆ》ってんじゃねーよ」

俺は構わず飲み続けた。

「大須さん、ちゃんとお家帰《け》ってるん？」

まだそいつは言った。すると女将が余計な口を出した。

「こーの人がさ、帰《けえ》らねえんさ」

「んなわきゃねーだろ」

「そっさぁ、いーっつも店閉めるからもう帰《け》ってくれって言って、そんときにはもう目が据わってて大変なんさ」

それで、俺は切れて立ち上がった。

「商売で酒飲ませてるくせに生意気言ってんじゃねーよ。ああ？　俺がいつ金を払わなかったよ。ざけんじゃねえやい」

汚い千円札を三枚、カウンターに叩き付けた。ついでに自分のコップを床に叩き付けた。コップは俺が思った通りの音をたてて割れた。

「二度と来《き》なくていいよ。ほんと、くっさいよ、大須さん」

「言われなくたって二度と来ねえや。客あしらいもできねえんだったら商売やめちめえ！」

俺は外に出てからぴしゃっと閉めた扉をもう一度蹴っ飛ばした。中で笑い声がした。

臭いと言われたのはショックだった。ヒデは自分ではそんなこと考えてもみなかったからだ。

臭いと言われて、自分が人間より一つ下等な動物になった気がした。

俺は臭いのか。会社の連中も、家族も、翔子も俺のことを臭いと思っているのか。

翌年も、ヒデは昇進しなかった。同期や後輩たちが彼を追い越して、主任や係長になっていった。

だんだん欠勤が増えて来た。最初は自分で電話していた。そのうち会社から電話がかかってくるようになった。

一体どうなってるんだ、と部長の広木に呼ばれた。

「うつ病かもしれません。朝、起きられなくて」

ヒデは言い訳をする。

「うつ病っていうのは朝から酒の臭いをさせるものなのか？」

「眠れなくて昨日、ちょっと飲んだだけで——すみません」

「困るよそんなんじゃ。自己管理はちゃんとしてもらわないと」

広木が座ったまますっと姿勢を正しながら言う。それは彼の癖なのだが、ヒデは軽く突き飛ばされたような気がする。

昼休み、食事に出たあと、缶ビールを買って会社の裏の路地で飲んだ。どうせ酒臭いんだったら変わらないだろうと思って勢いで買ってしまった缶ビールだったが、飲んでしまうと罪悪感にかられた。

いいや、もう会社に帰んなくても。

ヒデはビールを二缶買い足して、駐車場の隅で立ち小便をしてから自分の車に戻る。一缶でいいのだが、もしかして足りなかったら面倒だ。夕方までこのクルマの中にいて、一番早く開く店に行こう。黙って酒を出してくれる店に。

目が覚めるといつもひどい二日酔いだった。前の晩、どれだけ飲んだのかわからない。後悔することもあればどうにでもなれと思うときもあった。加藤が以前言ったことが正しいのかもしれなかった。今日一日は酒をやめよう、とヒデは思う。だが昼近くなっても二日酔いはとれない。迎え酒をするときもあった。迎え酒をすれば、多少体が楽になるからだ。

少しだけなら、と思ってヒデは飲みはじめる。コップ一杯の冷たい酒が体に染みていくと心がやや軽くなるのだ。ほろよいが一番いいんだな、とヒデは思う。もう寝てしまおう。寝てしまえば何も感じなくなる。罪悪感も、不安も、将来を考える恐ろしさも。

けれど、夜になって翔子の家に行くとヒデはまた飲んでしまう。行きがけに酒屋に寄ってしまう。

なんかつまみ作って。

翔子は冷蔵庫を開けてちょっと首をかしげながら、飲みすぎないでね、と言う。ヒデくん、酔っぱらっちゃうとすごく怖いから、あんまり飲まないでね。

俺が？　俺が怖いなんてことないだろ。そりゃ、たまには愚痴ったりするかもしれないけどさ。おまえといるときくらい飲んだっていいだろ。

ヒデくんが機嫌よくしてくれるんだったら。

俺はいつだって機嫌いいさ。

うん……。

そう言って翔子は目を伏せる。


とうとう父親が出て行け、と言った。普段は殆ど口を利くこともない父親がそう言う限りはよほどのことなんだろう。謝って家にとどまろうとは思わなかった。

「わかったよ」

と、ヒデは言った。

「荷物は少しずつクルマで運ぶから」

ヒデは車に必要なものだけを積んで、翔子の家に行った。

翔子の家でヒデは三十歳の誕生日を迎えた。
「ずっと一緒にいような」とヒデは翔子に言った。

ふと気がつくと、抱き寄せて寝ている翔子が泣いている。
どうした？
と、声をかけると翔子がふるえながら、
忘れちゃったの？
と言う。
なにを？
ひどかったの。
なにが？　どしたん？
怯える翔子の髪を撫でながらヒデは言う。
私、殴られた。
誰に？
忘れちゃったのね。

俺に？　マジで？

うん。

なんで俺が翔子のこと殴ったんだ？

もうこれ以上飲まないでって言ったら、おめーに何がわかるんだって言ってビンタされた。

俺そんなことしたんか。

うん。

ごめんな。ごめん翔子。

もうしないって約束して。

おう、約束するよ。絶対そんなことしない。ああ俺、自分が信じらんねーよ。

私、今のヒデくんは大好き。でも本当に怖かった。殺されるかと思った。

ばかだなあ、そんなわけないだろう。

ヒデは、自分がわからなくなる。翔子に手をあげたなんて、そんな記憶は全くないのだ。自分がするはずもないことをしてしまうなんて、俺、狂ってるのか？

ヒデはあたたかい翔子の体を抱く。

ごめんな、ごめんな、と言いながらヒデは再び眠りにおちる。

本当にうつ病なのかもしれない、とヒデは思った。それほど気分が悪かった。昔のように、酒を飲んで気分がよくなるということもなかった。飲まないときはもっと憂鬱だった。

俺はだめな人間だ。

俺はくずだ。

だけど、それを誰にも言ってほしくない。

なにもかも酒が悪いのだ。そして酒を飲まなければ何もできない俺がもっと悪い。飲まなければ俺はいい人だ。だけど飲まずにはいられない。飲まないと、歩いていようが寝ていようが座っていようが、自分が五センチ浮いている感じがするのだ。酒が入れば俺は地面の上にいて、或いは床にあぐらをかいていて、やっと安定する。

また飲んでしまう、また俺は飲んでしまう。朝、そう思うと心臓が早鐘のように鳴り続ける。だが、いつ飲もう、いつから飲み始めよう、と考えているのがつらい。最初の一口を含み、透き通った酒の入ったグラスを眺めるあの瞬間が一日の全てと釣り合うのだ。不愉快な一日がカタカタと音を立ててジェットコースターの頂点までやって来る。そこから俺は一気に滑り落ちて行くのだ。楽しいのは最初だけで、やがて時間はわら半紙でできたうすっぺらなノートのようになっていき、俺がそこに何を書き込もうが消えてしまう。夜の終わりはブラックアウト。そして次の朝必ず後悔することを、飲む前から俺はもう知っている。そういう毎日を自覚するのもおぞましい。けれども酒じゃないと俺の毎日は解決がつかないのだ。コーヒーやポカリを飲んだって、ひりひりするような心の痛みはひいていかない。

俺はもう引き返せないのか。既に始まっている一直線の下り坂を。ネットで見ればどのアル中も一緒だ、俺と同じように非個性的な奴らの列だ。もちろん、断酒によって助かることもあるけれど、この俺にそんな固い意志があるわけもなく、社会や家庭から脱落した俺は線路か国道で猫のように轢《ひ》かれて死ぬのだろう。どれほどの恐怖があったとしてもなかったとしても俺はどうせ死ぬのだし、俺に酒をやめろという奴もいつかは死ぬのだし、もうどうだっていいじゃないか。酒はアタマが悪くなるって言うけれど、もともとが悪いのだし、アタマを使おうとも思わない。

電話口で加藤が言う。

「さっき、翔子ちゃんから電話もらってさ」

「なんで翔子がおまえに電話するんだよ」

「おまえのことだよ。おまえの相談。あのな、ちょっと聞いてくれるか」

「何をだよ」

「怒るなよ、な。おまえはさ、病気なんだと思うんだ」

「どういうことだ」

「アルコール依存症っていうのは病気なんだよ」

「そんなこた知ってらぁ。でも俺は違うぞ」

「じゃあさ、おまえ酒飲んだあとの記憶ってあるか？」

「そんなの、酔ったら忘れるに決まってんじゃねえか」

「朝から飲んだりするだろ」

「翔子がそんなことおまえに言ったか？」

「いや、翔子ちゃんはおまえのことが心配で仕方が無いんだよ。だから少しずついいから酒をやめさせてくれないかって」

「大きなお世話だ」

「でも、俺は翔子ちゃんに言ったんだ。アルコール依存症は病気だから断酒するしかないって。断酒することで生きていくか、周りの全員から嫌われて死ぬかどっちかだって」

「それがおまえの忠告か？」

「忠告というより、警告だな。俺だってこんなことおまえに言いたかないんだ。でも、おまえのことみんなが心配してるから俺が言ってるだけだよ」

「俺ぁ自分のことは自分で考える。翔子がなんか不満あるなら直接聞くよ」

「そうやって、周りの人の話を聞く耳持たなくなるのも、アルコール依存症の症状なんだぞ、それで俺は……」

まだ加藤は何か言っていたが、ヒデは電話を切った。またかかってくると不愉快だったので電源も切った。

つまんねえことこきやがって、とヒデは独り言を言いながらパック酒を開けた。一升瓶だと重いし、高いし、ゴミ出しの罪悪感も大きい。どうせ酔うだけならパック酒で十分だ。何よりスーパーでまとめて買ったってレジで変な顔をされることもない。

広木から二度目の呼び出しがあり、これ以上無断欠勤を続けるのなら自主退職するように、と言われた。

退職金が入るならそれでもいいか。そのあと失業保険だって出るわけだし。

退職金がいくらなのかも知らなかったが、ヒデは退職届の用紙を送ってもらうことにした。

一般職の女性たちが、こそこそと自分のことを噂するのが目に見えるようだった。大須さんって臭かったよね。アルコールの臭いもするけどもっと。うんうん、なんかホームレスみたいな臭いさせてたよね。

翔子の親御さんはまともな人たちだったから、酒臭い息を吐いて高崎駅前にやって来た俺を、最初こそ説得しようとしたが、すぐに斬り捨てた。君に娘はやれない、つき合って欲しくもない、と。俺は親としてはそれが至極当たり前のことだと思う。二度と会うことはないだろう。翔子だけがその失敗にこだわっている。

台所で翔子がしゃくり上げる声がする。わざとらしい、と俺は思い、腹を立てる。何もかも俺のせいだと言うつもりか。俺はおまえの被害者面がむかつくんだよ。おまえには欠点が一つもなくて、いつも正直で優しくてそれで俺の被害に遭っている、全部おまえが正しくて全部俺が間違っていると、そうおまえは言いたいんだろう。傲慢なんだよ。むかつくんだよ。

翔子の美しささえこれ見よがしで癪《しゃく》に障ることがある。化粧の時間が長い。化粧品をいつまでも片づけない。今日はＰＴＡとの会合とか言って遅くに帰ってきたけどほんとはどこかのホテルで知らない男と一緒に俺のことを嗤ってたんじゃないか。そうじゃないのか。

「そんなはずないでしょ。もうヒデくんいい加減にしてよ」

「おめー、いちいち泣きまねすんじゃねーよ」

翔子がふてくされるので、俺は、ちょっと行ってくる、と呟いて靴を履く。なにしろ俺が俺をもてあましているので、これ以上の面倒は嫌なのだ。翔子の膝の上でさめざめと泣けというのか？　そんな演技をしたら昔に戻れるとでも言うのか？

川沿いの道を風に吹かれながら少し歩くと、たちまち後悔の念に包まれる。

俺が悪いのだ。なにもかも俺が悪いのだ。翔子だから俺と一緒にいてくれるのだ。なのに俺はいつも彼女を傷つけてしまう。

翔子は悲しんでいる。俺のせいで悲しんでいる。俺が姿を消せば一番いいのだろうけれど、俺もそこまでの覚悟はない。

僅かな退職金は全て酒に消えた。

もうヒデは一日のうち、短い不愉快な時間しか生きていなかった。翔子が働いている間、ヒデは家で眠っていた。起きると酒を飲み、また眠った。晴れた日曜日に翔子が布団を干すと言うとヒデは不機嫌になった。

静かな夜だった。

ヒデが目を覚ますと、翔子が枕元に座っていた。

「お茶、いれるね」彼女は言った。

「どした？」ヒデは起き上がった。

「俺また悪いことしたんか」

「ヒデくん。明日私と一緒に病院、行ってくれる？」

「病院？」

「もう、私も限界なの。心が疲れちゃって」

「俺のせいか」

「ヒデくんじゃなくてお酒が悪いの。病院行って、お医者さんに診てもらおうよ、ね」

「おまえ、俺を病院に入れる気か」

「そうじゃないよ。でも、ヒデくんだってこのままじゃつらいし。昨日は死ぬって言って大騒ぎしてたんだよ」

　騒いだ記憶はないが、死んだ方がましだとは毎日思っていた。しかしヒデは、翔子に捨てられるように入院させられるのはどうしても嫌だった。行けば断酒をさせられ、肝臓病と診断され、ひとたび酒を飲んだらとんでもなく苦しむ薬を投与されるに違いなかった。

「ごめんな翔子、迷惑ばっかりかけて。おまえに養ってもらってるのに」

「もうやめて！」

　翔子は叫んだ。

「ヒデくんだけじゃないの。私ももう壊れそうなの。ヒデくんは全部忘れちゃうからいいけど、私は自分がヒデくん甘やかしてることも辛いし、ヒデくんが私に言ったこと全部背負ってるのも辛いの。辛くてしょうがないの。お願いだから一緒に病院に行って」

「いやだ」

　ゆっくりとヒデは言った。

「二度とそんなこと言ってみろ。ぶっ殺してやる。おまえをぶっ殺して俺も死んでやる。いいな」

翔子は去って行った。この家は悲しい家だから引っ越すと言った。ヒデは濁った目で翔子が荷物をまとめるのを見ていた。もちろん、新しい住所を教えてもらえるわけもなかった。

思っていたほどのダメージはなかった。既にヒデはダメージの中で生活していたのだ。感覚が鈍磨《どんま》していた。自分が本当に翔子を愛していたのかどうか、ヒデはわからなくなっていた。ただ必要とし、独占したかっただけなのかもしれない。しかし翔子がヒデを愛していたという確信はあった。

あの楽しい頃に戻れれば。酒を飲んでも少しで済んで、楽しくて、翔子の体が欲しくて、いちゃついてたくさん笑って。

どれだけ翔子を傷つけたことだろう。どんな謝罪も通じないほど翔子の心は疲れていた。

悪いことをした。

でも、翔子だったらきっといい男を見つけて結婚もできるだろう。そうなるようにとヒデは願った。もう何年間も、ヒデは自分のことしか考えていなかった。他人のことには殆ど関心がないか、非常識なほど楽観的だった。

ヒデは仕方なく実家に帰り、頭を下げてもう酒はやめますと言った。少なくとも、夜になってから適量だけにします。

もちろん、そんな約束は二日ともたなかった。ヒデはあらゆる手段を使って酒を手に入れようとし、怒鳴り、暴れた。酒代がないと、外に行って無銭飲食をするので家族は仕方なく彼に小額の酒代を与えた。

そうやって荒《すさ》んで行く日々に偶然訪れる僅かなしらふの時間、ヒデはダイニングテーブルに頬杖をついて窓の外を見ながら思う。もう、どこかへ行かなければならない。それは具体的な地名を持つものではないのかもしれない。このままじゃいけないという気持ちが強くしていた。何か行動しなければ。行動しなければ。

何の行動を?

5

ヒデは針飛びのするレコードのように回っていた。

酒を断つか、命を断つか。

彼はもう、そこまで追い込まれてしまっていた。アルコールへの依存を完全に認めていた。もはや昔のように楽しんで酒を飲むことができないことがわかっていた。わかっていてもどうすることもできないでいた。

ヒデは思う。

酒を断ったらその後の長い時間をどう過ごしていいかわからない。だが命を断てばその後何もないから気が軽いかもしれない——

どちらもできそうにはなかったが、ヒデはその二つのことしか考えていなかった。堂々めぐりの思考は一杯の酒によってうつろい、日々は悪夢だらけの睡眠に蝕《むしば》まれた。どちらにしたってどうやって断つのだ。方法の問題ではない。どうやってたどりつくかだ。どの苦痛を選んで今の苦痛を超えるのか。

できねえ。

ヒデはつぶやく。

でも明日になったら。明日になったらどちらにするか決められるかもしれない。

どーせだめだ。

今日はもうやめにしよう。

でも明日。

でも明日。

明日こそちゃんと考えよう。そして決められるものなら決めてしまおう。

ヒデの時間は今日と明日しかない。そして明日はいつもヒデを裏切ってまるで今日と同じ日なのだ。ヒデが昨日のことを覚えている必要はない。昨日は今現在、まさに再現されているのだから。

ネユキに相談しよう、とヒデは思った。ネユキの神様でもなんでも、信じれば救われるんじゃないか、今できることはそれくらいしかないんじゃないか。しかし、ネユキに軽蔑されるのは怖かった。顔を見られることさえ怖かった。ネユキに相談するときだけはしらふでいたい、けれどしらふで行動を起こすことなんて無理だ。

悩んだ末の明け方にヒデはメールを打った。酔った勢いでしかできなかった。そのことを彼はまた悔やんだ。

返事は二日目の夜に来た。

「大須君
メール読みました。大変だったんだね。でも自殺するようなことがなくて本当によかった。今後もそんなこと考えないように。

結論から言って、大須君を信仰の世界に迎えることは難しいと思います。他人だったらもちろん会いに行って話を聞きたいと思うよ、これは私のわがままでしかないけど、今の大須君に私は会いたくない。

大須君は宗教をアルコール依存から何の努力もせずに抜け出すための手段としか思っていない。私に言えば助かると思っている。

それは、修行の浅い私にとっては耐え難いことです。私は無知で無力だけれど、全治神さまの教えを体現しようと、絶えず努力しているのです。それだけは知っていてほしいと思います。

まず、病院に行ってください。それから、断酒会に入って下さい。あなたにはその方が向いていると思う。

全治神さまが大須君を守ってくださることだけを真剣に祈っています。良き道を歩いて下さい。

山根ゆき」

ネユキのメールを、差し出された一枚の清潔なハンカチのようだと思った。それを受け取って畳んでポケットに仕舞う、そんなポケットが今の俺にあるのだろうか。いつかネユキと再会して、洗ってアイロンをかけたハンカチを返せる日が来るのだろうか。

ただ、死んではいけない理由がひとつだけできた。それは俺にとってとても貴重なものだ。

死んではいけない理由を重ねていって、それを数えたいなんて甘えとしか言いようがないが、たぶん俺はその甘えを翔子に対しては暴力という形で表してしまった。翔子が二度と俺みたいな男に出会わなければいい、と思う。

たぶん俺はずっと誰かに甘えたい男なのだ。でもそれはこういう形じゃない。もっと、誰も不幸にならないような甘え――そんなことは可能なのか。

それから、俺は断酒に挑戦するようになった。

苦痛だけがあって、何もうまくいかなかった。

のどの渇きは、水では潤せなかった。清涼飲料水を山のように買ってきて並べた。どれも欲しくなかったし、どれを飲んでも間違いの味がした。体はアルコール以外のものを受け付けなかった。なによりも酩酊《めいてい》しない時間が退屈で仕方がなかった。生きていること自体、仕方がないことなのだった。

苛立ちがつのり、呼吸が苦しくなった。

結局俺は酒に手を出した。

今日だけだ。今日は飲むけれど、明日はやめるのだ。

毎日が負け博打《ばくち》だった。ボロ負けだった。俺は打ちのめされても打ちのめされても、それでも依存した。

ある日俺は思った。

出かけよう。

どこに行くのだっていい。歩いていこう、と思った。そのまま帰ってこなくたってかまわない。

いつものように、そう思ってから何日も過ぎた。明日は出かけよう。明日は歩いてみよう、そう思いながら同じように俺は酒を飲んで自分に対する失望の深い淵に沈んだ。

一週間後か二週間後かわからない。曜日だけはなぜか火曜だったと覚えている。起きたときはもう昼をかなりまわっていた。それから俺は飲んで寝て、ひどい気分になってもう一度起きた。時計を見ると、午後五時だった。まだ外は明るかった。

俺は黙って家を出た。駅まで歩くと自分の酒臭さが気になったので、コーヒーを一杯飲んで、東口に下りた。

俺は、少し前に廃止された高崎競馬場を目指して歩いた。街道沿いの景色はいつもと変わりない。やがて競馬場の灰色の塀に行き着いた。それは延々と続き、俺は歩いているうちに飽き飽きし、半ばやけくそになっていった。もう長い間歩いていなかったので疲れてきたが、ここから同じ道を通って家に帰ることを考えたらとてもじゃないが引き返す気にならなかった。

塀は高く、中の様子はまるっきり見えなかった。

塀は何かを拒絶しているのだろうか。刑務所のように。

たとえば地方競馬がだめになってしまった年月の流れを、たとえば高崎市の変遷《へんせん》を、たとえば俺のようなだめな奴を、何かを拒否してこの塀は在り続けるのだろうか。

もっと歩くと俺は怖くなってきた。

塀は、全てを隔《へだ》てて続いていった。健全な奴と健全ではない奴を。純真な奴と純真ではない奴を。新しいものと寂れたものを。

俺は、この塀によって高崎の街からも疎外されているのではないだろうか。

もしかしたら塀の内側には凍結された過去があるのではないだろうか。昔見た青い芝生が青い芝生があるのではないか。美しい栗毛や芦毛の馬が青毛や鹿毛やそれから栗毛や黒鹿毛や芦毛の馬がそこに群れていて、青い芝の間に生えた雑草を食《は》もうと長い首をさしのべているのではないか。

俺は塀沿いに歩き続ける。

そして知る。

街道から見えないところで起きていたことを。

街は完全にその子宮をえぐりとられていた。子宮の中心には馬が二度と走らなくなった競馬場があって、施設自体は場外馬券売り場に、ダートコースは駐車場になっているはずだった。その周辺は、二階に騎手と家族の住む廏舎《きゅうしゃ》、それが少しずつなくなって畑が広がっていたはずだった。空虚と空虚めいたものがぽつんぽつんと混在していて、ほかには何もないはずだった。

今、その空虚は出来たての新興住宅地に埋め尽くされていた。ぎっしりとモデルルームのように真新しい住宅が立ち並んでいた。それは俺が想像もしなかった眺めだった。

その時間、自転車で買い物に出るおばやんも郵便配達もプロパン屋のトラックもいなかった。街は完全に無音だった。

もはや馬のにおいはどこにもなかったが、料理のにおい、人が住むにおいもしてこなかった。街は完全に無臭だった。

いかにも重々しい、本当の高級住宅街というわけでもなく、かといって安物の家がひしめき合うわけでもない。街は中腰で愛想笑いをしていた。タイルやサイディングは明るいサンドベージュで、プランターにはパンジーだかマリゴールドだかが詰め込まれて咲いている。

それらが全部同じなのだ。

どの家も同じなのだ。

どの庭にも樹は一本も生えていない。あるのは煉瓦とテラスと芝生だけだ。

そのてらてらとした生活感のなさは、俺の生まれた古い街に挑《いど》んでいるとしか思えなくなった。

そして反対側には依然として灰色の競馬場の塀があった。

挟まれた空間が変形していくのを俺は感じた。まっすぐ伸びていたはずの道は今や半円形となって閉じようとしていた。円陣が俺を追い込もうとしていた。

俺の精神は弓のように歪んでいった。

やがて街は円陣の姿からぐっと身をそらせ、津波となった。

古い高崎の街にのがれようとしたがどこにも出口はなかった。

「よそ者だ！　よそ者じゃなきゃこんなとこにはいねえ！」

俺は怒鳴る。最初は心の中で、それから口に出して。

「東京者だ！　こんなとこ住んでる奴ぁみんな東京者だ！」

その通りなのだ。群馬県人だったらこんな立派な家で駐車スペースが一台分なんてことはありえない。三台も四台も持ちたがる。物置だって持ちたがる。何でもかんでも持ちたがるからすぐにわかるのだ。シンプルを良しとするよそ者との違いが。

ここはよそ者たちの街になってしまった。

住人たち、元気で明るい男たちは新幹線で通勤していて、美しい女たちが家でうらりうらりとテレビを見ているってわけなんだ。家の中ではミニチュアダックスが涎《よだれ》を垂らしていて、女たちはお友達とジムに行く予定をメールしている。子供はいても一人、いない家の方が多い。おばあさんはいない。おじいさんもいない。悩みのある人間はここにはいない。ここに不幸はない。ここに死はない。

俺の中に鋭い憎しみが生まれた。

その気持ちがどこから来たのかはわからない。

わかっているのは、俺の生まれ育った街がこういう病巣に冒されているということだけだ。

俺にはわかっている、これがアルコールのせいではないことをわかっている。俺はとうとう狂ってしまったのかもしれない。酔っていた方がまだましだ。

「出てけ！」

「あんだよ、偉そうに！」

「出てけよ！」

「ここから出てけよ！」

「ざけんな！」

「馬鹿にすんじゃねえ！」

「俺から出てけよ！」

街は無音に戻る。俺の声は響きもしない。まるで真空の中をさまよっているようだ。俺は叫びすぎた。俺は疲れ果てた。どこか、あたたかいところに入っていきたい。でもそれは翔子でもなく、額子でもない。俺は体を縮めて胎児のように足の親指を噛んでいたい。

全部廃墟になってしまったほうがよかった。

むしろ廃墟のほうが懐かしかった。

公園もない、喫茶店もない、コンビニもない街路を俺はさまよった。
俺はどこに逃げればいいのか。
わかっているけれど、方向感覚がおかしい。
俺はもはやタイヤのひん曲がった自転車になってしまった。
どこに逃げ込めばいいのか。
誰が、俺が逃げ込んで許してくれるのか。
おばやんしかいない。あのおばやんしかいない。
だけど、街の外はどこだ。あの古い街はどこにいった。
俺はどこだ。
これは本当なのか。

突然、はじき出されるようにして、やっと俺は古い高崎に戻ることができた。マーケットにはキャベツとイチゴが並んでいて、その上の棚に醬油とソースとみりんが二本ずつ売られていた。クリーニング屋ではオヤジが、天井からつるしたコードのついたアイロンを、肌着一枚でかけていた。
俺は、すえた臭いのする酒屋に入ってチューハイとビールを、それから売れ残りのスポーツ新聞を買った。

三角公園のベンチでそれを飲み、やがて横になって眠りに落ちた。

夜になって風が出てきた。

ヒデはぶるっと体を震わせて公園のベンチから起き上がった。それから新聞をたたんでゴミ箱に投げると、よろよろと横町に入っていった。江木町《えぎまち》に近いあたりだとわかった。

ヒデがばさばさした尻尾を見つけるのと、尻尾の持ち主がヒデのことを認識してくるりと向き直り「へふっ」と叫んだのは殆ど同時だった。それは額子の飼っていた犬のホシノだった。驚いたことに、ホシノはまだ生きていた。白い毛はつやがなく、黄ばんでいるようにも見えたが、鼻も目も黒々と濡れていた。ホシノは尻尾を振りながらヒデの股ぐらに鼻を突っ込んできた。

「やめろよ」

と言いながらホシノの首をごしごしさすって、ヒデは久しぶりに笑っていた。

「くさいだろ」

ホシノは目やにが縁に固まった眼でヒデを見つめた。尻尾はずっと左右に打ち振られていた。口の端も少しだけ開いて、笑っているようだった。

ヒデは何度も何度も、悪夢の狭間にホシノの夢をみたように思った。あれは、額子が出てくる夢ではなくて、犬のホシノだけが出てきたのだ。

でもどうして、ホシノがここにいるのだろう。

まさか、額子がここに来ているとか。

そう考えた瞬間、ヒデはたじろいだ。

額子に会うのは怖かった。額子のきつさが怖かった。今の自分を激しくなじられそうな気がした。それに、あんな目に遭わされたのだ。しかし額子は俺のことなんて覚えてないだろう。たとえ覚えてたってそれは昔遊んだってだけの記憶で。

腰を上げようとしたとき、

「ホシちゃん、お入り」

という声がして、「よしたけ」の引き戸ががらがらと開いて小柄な人影が現れた。暖簾《のれん》を仕舞おうとしていた。額子の母ちゃんだ。少し背中の丸いその姿がヒデにはたまらなく懐かしかった。

「おばちゃん」

「え？」

「俺、大須です。額子さんに前に連れてきてもらった」

おばやんは少しいぶかしげな顔をしたが、ホシノに言ったようにヒデにも「お入り」と言った。

何もかもが前と同じだった。棚に飾られたまねき猫も、だるまも、古めかしいレジも、同じ位置にあった。今がいつなのかわからなくなりそうだった。

「ここは、本当ですか？」

おばやんは、しばらく考えてから、

「思い出したわ。大須君」

と言った。


不潔ではないがいかにも古びたカウンターに肘をついて、俺は心底ほっとした。そしてビールを頼んだ。

「あんまり、飲まない方がよさそうだねえ」

おばやんは言った。

「えっ？」

ここまで来てそんなことを言われるなんて俺は考えもしなかった。飲み屋で酒が出てこないなんて。しかもそれは最初の一杯目、金色のビールだ。

「顔に書いてあるよ。もう今日は十分飲んだって」

「飲んでねえって」

おばやんは大きなため息をついた。そして首を振りながら魔法瓶を出してきて、熱いウーロン茶を大きなコップに注いでよこした。

「だってあんた、もう酒やめたいんだろ」

「なんで」

「わかるさ。ずっとこんな商売してきたんだから」

「でも、やめらんねえんだ。つらいんだ」

「今も親御さんのとこにいるんかい？」

「ああ」

「そうかい」

「俺、もう本当に酒やめなきゃいけねえんだけど、またここに来ちゃった」

「ここに来たって酒はやめられるさ。飲まなきゃふつうなんだろ」

「暴れることも、あるよ」

「暴れる方もつらいんね」

俺の体はもちろんアルコールを激しく欲していたが、それ以上にこのおばやんに軽蔑されることが怖かった。そうだ。俺はあらゆる人から軽蔑されることが怖い。両親に。ネユキや加藤に。いなくなった翔子に。額子に。そして額子の母親であるこのおばやんに軽蔑されたら、俺はまた死んではいけない理由を見失ってしまいそうだった。俺は何よりも軽蔑されることが怖くて、それ以上に自分で自分のことを軽蔑してきて、それなのに人から軽蔑されることを長い間、ずっとやってきたのだ。

「俺、今日は飲まないよ」

自分の声ではないような気がした。なにかによって喋らせられているようだった。それがネユキの言う「全治神さま」であろうと、俺がずっと昔に助けてもらった想像上の人物であろうと、俺にはわかるはずもない。

こんな形で「明日」が来たのだ。

「ああ、やめときな」

と、おばやんは言った。そしてコンロの方に向き直った。

「大須君、お腹すいてるん？」

「うん、まあ」

「残りもんだけど、食べていくかい」

おばやんが温めはじめた鍋からカレーの匂いがしてきた。田舎っぽい、野菜がごろごろ転がっているポークカレーだった。ちっとも辛くなかったが、食べているうちに涙が出てきた。

これなら、アルコールはいらない。腹一杯食べて満足して、今日は家に帰ったら寝るだけでいいのだ。

「旨いよ」

俺はそう言うだけで精一杯だった。

「とんかつでもあればカツカレーにしてやったんだけどね」

おばやんは鍋を流しに持っていきながら言った。


しかしヒデが手に入れた「明日」はまたすぐに濁ってしまう。

「よしたけ」に行けばヒデはかろうじて酒を我慢することができた。しかしそのほかの日は、飲み出せばまたとめどなく飲み、記憶を失うのだった。自分が恥ずかしかったが同じことを繰り返した。そうすればもう、善悪の判断もなかった。酒がなくなれば酔っていても車でコンビニに行った。

暗い晩だった。いつもよりもっと暗いような気がした。ヒデは慣れた道を通ってコンビニに行った。

ガードレールのない道で、それが駐車中の黒い車だと気がついたときにはもう遅かった。衝突までの数秒は長く感じられた。ヒデはブレーキを踏めなかった。激しい音が起こって、やっとヒデはブレーキを踏んだようだった。頭をひどく打っていて、触るとどこか切ったらしく、ぬらぬらと血の感触があった。ギアをバックに入れて離れようとすると、さらに相手の車に激しくこすれる音がした。

ああもう。

なんでこんなことになっちまうんだ。

全てが嫌になる。全てを捨てたくなる。時間を戻すことができないなら死んでしまいたい。

放心しているうちに、誰かが通報したのだろう、救急車とパトカーがやってきた。傷と打撲の応急手当を受けたあと、ヒデは逮捕された。

迎えに来た父親が、警官の前で震えているのをヒデは見た。ヒデもまた心の奥底から震えていた。

人が乗ってない車でよかった。

人を殺さなくてよかった。

俺はもう、本当に酒を飲んではいけないんだ。

もう一生。

今度こそ断酒しなければいけない。


数日たってから、高崎駅のそばの喫茶店でおばやんと会った。

俺には、おばやんがまるで想像上の人物のように思われた。

「ホシノは？　置いてきたん？」

「死んだのよ」

一瞬、意味がわからなかった。

「なんで？」

「年だったのよ」

だってまだ、あんなに目も鼻もつやつやしていたじゃないか。ゆっくりだったけれど、散歩だってしてた。

「いつ」

「十七日」

「俺が、事故った日だ」

ぞっとした。まるで俺がホシノを轢き殺してしまったかのように、ホシノは消えてしまったのだ。

「夜だったよ」

俺はもう、それ以上聞きたくなかった。

「身代わりだったんだいねえ」

と、おばやんは言った。

「俺なんかの」

「人間様の身代わりになってくれたんだよ」

俺はコーヒーを飲み、おばやんは音をたてて紅茶をすすった。俺にはおばやんのおばやんらしいところがちっとも不快じゃなかった。

「ねえ、そもそもなんでホシノはおばちゃんとこにいたん?」

「額子の旦那だった人に懐かなかったんさね」

おばやんは、その人のことを過去形で言った。死んだのか、それとも別れたのか、額子が男を作って逃げたのか。とにかく、今はもう、額子は結婚していないようだった。しかしそれならなぜ額子はホシノを引き取らなかったのか。もう飽きてしまったのか。

額子は今でもおばやんとこに来るのか。いつ行き合ってもおかしくないのか。

俺はそれをどう受け止めていいのかわからない。けれどたぶん、おばやんは俺の沈黙の意味を知っている。

「おばちゃん、俺入院するよ。そういう病院があるんだ」

俺は言った。おやじとおふくろに説明した通りに言った。

「そうかい」

「俺はもう怖くって酒は飲みたかねえけど、それでも依存症なんだから、やっぱり一度入院してきちんと断酒した方がいいと思ったんさ」

「わかったよ」

がんばれとは言わなかった。しっかり治せとも言わなかった。

「俺ちゃんと酒やめるから」

「ああ」

おばやんは照れくさそうに笑った。額子と同じ笑い方だった。

「待ってるよ」

おばやんと俺は外に出た。やっと咲いた桜が今にも散りそうな、冷たい風が吹いていた。

出てくるのは七月だな、と俺は思った。山の病院から比べたらこっちは暑いんだろうな。

おばやんが、ふと立ち止まって言った。

「出てきたら、片品《かたしな》に行ってみるかい？」

その意味することは一つしかなかった。

額子が、片品にいるということだ。

「わからない」

俺は言った。

「自信がないんだ」

それは本当の気持ちだった。額子の前でどんな顔をしていいかわからなかった。

「そうだろうね」

と、おばやんは言った。

6

ヒデはだるい体を引きずって電車から下りた。初めての駅だった。他に下りた人は少なかったがそこが終着駅のような気がした。街の記憶は既に薄らいでいた。

駅前に出ると、ロータリー脇にぽつんと建っているそば屋から観光客らしいカップルが出てきて、散策でもするのか、笑い合いながら去っていった。ヒデはそば屋で最後の酒を飲もうかとしばらく迷ったが、結局駅の待合室に書いてあった番号に電話をかけてタクシーを呼んだ。

ほどなく来たタクシーの運転手は「ども、お待たせしました」と明るい声で言ったが、アルコール依存症の専門治療で有名なその病院の名を告げると、あとは一言も喋らなかった。

入院して最初の二週間ほどは離脱《りだつ》症状に苦しんだ。夜は強い不眠に悩まされ、起きている時は抑鬱状態と肝炎のだるさに耐えるのが精一杯だった。毎日アルコールで紛らわしていたのがこの症状だったのかと思うと恐ろしかった。毎日が長く、その長い毎日がこれからも続いていくことがたまらなくつらかった。処方された抗うつ剤はなかなか効かなかった。

肝機能が少し回復してくると、心も徐々にではあるが落ち着いてきた。俺は不幸の尻尾を手から離しつつある、とヒデは思った。やっとあのひどい時期から脱したのだ。患者仲間とは何度となく同じ話をした。もう二度とこんな目には遭いたくないし誰も傷つけたくない、と誰もが言った。酒は二度と飲まないという決心も同じだった。けれど不安もまた共通のものだった。その中には退院後にまた酒を飲んでしまい、病院に帰ってきている者も少なからずいた。また、外泊中の飲酒が発覚して強制退院になる者もいた。

体が回復してくると、院内で行われる断酒セミナーでの依存症についての学習や、院内断酒会への参加が治療の内容となった。もしも一人だったらとても耐えられなかっただろう。自分の経験を話し、また他人の経験を聞くという断酒会のやり方には違和感もあったが、自分はそういったグループにすがらないと生きていけない、という思いも強くしていた。自分の生きる環境を変えなければいけないという自覚をヒデは持った。

最初の外泊の日は梅雨時だった。晴れていなくてよかったとヒデは思った。もし晴れていたら、強い太陽に無理矢理に引きずり出された感じがしたに違いない。

高崎駅で下りて実家まで歩きながらどうしても居酒屋や、酒を売っているコンビニが目について仕方がなかった。たぶんこれからもずっとそうなのだろうと思った。入っちゃいけないところだから気になるのだ。酒屋を見ている自分を意識するだけで恥ずかしい気持ちがした。最低の日々を過ごしたのに、そして今は酒をやめるとはっきり決心しているのに、それでも目がいってしまう。そんな自分を卑しいとも思った。

今の自分にとっては、世の中の半分が空っぽだった。けど、ネユキも自分のことを「無力だ」って言ってたなあ。俺も無力だ。酒の前で、ダメから抜け出して無力になった。

ずっと無力で、いいのかもしれない。

もちろん酒以外のことについても俺はまるっきり非力だけど、何もかもいっぺんにはいかないけど、風の前に自分の力で立つ覚悟だけはできたんだ。

雨足が強くなってきた。

ヒデは心の中で立ち止まる。振り返る。

これまで、全ての場に酒があった。楽しいときにも、最悪のときにも。誰といるときにも、一人のときにも。

それを捨てるということは二次元の世界で生きていくようなことだとヒデは思った。せめて自分一人立っていられる場所はあるのだろうか。ヒデは音の響かない空間に存在するような、不愉快ではないが馴染めないものを感じた。

家の前で、ビニール傘にはじけるような雨粒を受けながらヒデはしばらく気後れしていた。ドアを開ければ鬼パーマがエプロンで手を拭きながら出てきて、それからテレビのニュースを見ながらの昼食になる。昼食は大抵うどんか焼きそばだ。その光景を何度も頭の中でなぞってからヒデは玄関のドアを開けた。

退院の日は七月の中旬だった。

病院のあたりは薄く雲がかかっていたが、街は鮮やかに晴れていた。

二度の外泊があったとはいえ、退院となると、やはり照れくさかった。いつもと違って靴がきちんと片付けられている三和土《たたき》に靴を脱いで、無言で用意されていた新しい麻のスリッパを履きながらヒデは、もし別の病気だったら素直になれただろうにと思った。薬と服と身の回りの物を詰め込んだバッグを玄関に置いて居間に入ると、父親も同じ気持ちだったのだろう、昼過ぎだというのに朝刊を広げていた。

「ただいま」

「おかえり」

父親はちらりとヒデを見て、また新聞を眼鏡の上まで持ち上げた。

「おふくろは？」

「買い物」

今度は新聞の向こうから言った。

「ああそうか」

狭い庭に目をやると母親が好きな黄色のスカシユリが咲いていた。

「秀成」

テレビのリモコンを探しているヒデに父親が言った。

「うん？」

「体の方は、大丈夫なのか」

「ああ、大丈夫」

「それからな」

「なんだよ」

「金のことは心配するな」

「……」

「ウチだって金が余ってるわけじゃないが、なんとかなる」

ヒデは粘土細工に刺した竹串のような気分になって、やすやすと自分が作った柔らかい傷の中にめり込んでいく。なにより金が一番問題なんだ。時間を潰し、親からの借金を返すために働くことが。一人前の社会人、というものが今の自分にとってどれだけ遠いことか。社会というのは下車前途無効の切符なのか。俺は途中下車してしまったのか。もう二度と特急には乗れないだろう。鈍行だったら乗せてくれるだろうか。俺はまだ廃駅にはなっていない、俺の前にきっと電車は止まる。

ヒデには自分が依存症のために犯してきた罪について、どこまで敏感であっていいのかわからない。いつまで家族に申し訳ない気持ちでいればいいのか。そういうことに慣れてしまっていいのか。どこまでが病気のせいなのか。

そしてはっと気づく。なにか問題があって悩みがあって、いやむしろありすぎて厭になってくるこのタイミングで、以前は冷蔵庫からビールを出していた。うっかり箸を床に落として代わりを取りに行くようなさりげなさを装って。

ヒデは断酒会に通いながらバイトを転々とした。酒酔い運転で免許は取り消され、二年間の欠格期間中にあったので雨の日でも自転車で移動した。ドラッグストアは働ける日数が限られていて、ガソリンスタンドは経営悪化でつぶれてしまった。その後、市のイベントの手伝いをした。色彩が失せてしまったような日々だったが、かろうじて気持ちはニュートラルに保つことができた。バイトをしていれば、一人で家にいるときよりも物を考えないで済んだし、家族や他人に必要以上の気遣いをすることもなかった。正社員ではないので飲み会の誘惑もなかった。イベントが終わったあと、ヒデはふらりと入ったラーメン屋で働くことになった。どうやらそこがヒデには一番合っていたようだった。店主は埼玉出身の職人肌の男だった。ヒデが手順を間違えたり忘れたりすると怒ったが、怒りを引きずることはなかった。ヒデはテーブルを拭き、注文を取ってレジを打ち、食器を洗い、夜になれば店を掃除し、壁やレンジフードを磨き上げてゴミを出した。国道沿いではそこそこに客の入る店だった。夏になったらカウンターの内側はどんなに暑いだろうと思ったが、汗をかいている客に「ごっそさん」と言われると、単純に嬉しくなった。きっと俺は夏になってもここで働いているだろう。その頃になれば少しは仕込みの手伝いもさせてもらえるだろうか。仕入れに連れて行ってもらうだけでも楽しいだろうと思った。

夜が遅いので断酒会には行かなくなった。定休日の水曜の夕方になるとヒデは「よしたけ」に行って定食をつくってもらった。早い時間に客がいることは少なかったが、たとえ隣で人が飲んでいても平気だった。

ヒデが依存症で最悪の状態にあった頃、小鬼に似た姉が結婚した。ヒデは当然泥酔して式をめちゃくちゃにしたらしいが覚えていない。その姉が妊娠してときどき実家に帰ってくるようになった。鬼パーマと小鬼は嬉しそうに生まれてくる子供のことを話していた。

ヒデは両親には多少の気まずさと会話の不足を感じていたが、姉が帰ってくると明るい気分になった。

飲んでないだろーね、ヒデブー。

と、姉は言う。

おめーが人のこと言えるか、バカがバカっ子産んでどーすんだよ。
あたしに似なきゃいいんだよ。
まーず陰気な子になるぜえ、あっちに似ると。
よっく言うわ。ヒデブーが一番陰気だったくせに。
そーれもそうだいなあ。で、いつ生まれんだい。
予定だと十一月七日。
俺の誕生日と一緒じゃねーか。
ヒデブーと同じ日を選ぶかどうかでこの子の知能がわかるってもんだよね。
おめーの子だったら知れてらぁ。
そんな会話の中で、ヒデは思った。
きっと甥だか姪だかわかんねーこの子を俺はバカっ可愛がりするだろうな、と。

ようやく生活が落ち着いてきて、ヒデは加藤とネユキにメールを送った。
〈大須です。
ご無沙汰です。いろいろ迷惑をかけてすみませんでした。
俺はアルコール依存症の治療のため、三ヶ月間入院していましたが先日退院しました。

酒は飲みませんが近いうちに会えたら嬉しいっす。これからもよろしくお願いします。

では〉

ネユキから返事はなかった。

加藤からは「退院おめでとう。もう二度と飲むなよ」と短い返事が来た。その夜、ヒデは加藤に電話した。

「遅くにごめん」

「いや、俺も帰ってきたとこだから」

加藤は答えた。ヒデは加藤の低い声を懐かしく感じた。

「三ヶ月、入院してたんだ」

「メールで見たよ」

「もう俺飲まないよ。抗酒剤も毎朝飲んでるし」

「そうか」

加藤は短く言った。

「やっぱり、おまえの言う通りだったよ。アルコール依存症っていうのは病気だったんだ。治らないけれど、酒さえ飲まなきゃ生きていける」

「ああ」

なぜ加藤は俺が帰ってきたことを喜んでくれないのだろう。加藤の言った通りだったんだ。もっと早くそうすればよかったと思ってるんだ俺だって。

話題を換えた。

「ネユキと行き会うことはあるかい？」

「ないよ。あいつ宗教だろ。ずっと会ってないよ」

「俺、メールしたけど返事なかった」

「そうか」

「おまえの方はどうなん？」

「まあ、なんとか」

「かみさんは元気？」

加藤はそれには答えず、少し早口になってこう言った。

「おまえ仕事は？」

「ちょっと前からバイパスのラーメン屋でバイトしてんだけど、結構向いてるかもしれないって思ってさ。店長にいろいろ教えてもらって、いつか自分でも店出せたらいいだろうななんて思うんさ」

「いくらなんでも甘かないか」

押さえていた感情が吹き出したように加藤が言った。ヒデはタバコに火をつけてから灰皿を持ってきて、それと同時に加藤はとっくの昔にタバコなんてやめているのではないかと思った。

「正直言ってな、一番信用できないのはおまえのその自信たっぷりな態度だよ。酒さえやめれば今までのことは何もかもご破算になって、ほかに問題なんて一個もないみたいなさ」

「そうは言ってねえだろ。俺だってみんなに迷惑かけたと思ってるさあ」

加藤は翔子のことを言いたいのだろう。翔子は加藤のかみさんの友達だった。どうすればいいのかわからないとは言えない。加藤は常にどうしたらいいのかを考えていて、ヒデのような気持ちになったことなどないだろう。

加藤は言った。

「俺は思うんだけどさ、アル中なんてそう簡単に治らないんじゃねーか。酒を飲む機会なんていくらでもあるし、そのときにまた、ああ病気が始まったって苦労するのは周りの連中だぜ。実際、ひどい目に遭うのは本人より家族とか彼女だろ。だから俺だッておまえのこと信用したいけど、できないんだ」
「結局そういうことが言いたかったのかよ」
「俺だってそりゃ、電話なんかじゃなくて会っていろいろ話すべきだとは思うけどさ、正直、おまえと会うことはかみさんだっていい顔しないんだよ」

むかっ腹をたてたヒデはコンビニに出かけてビールのロング缶を買った。それを深夜の部屋で飲み、文字通りのたうちまわることになった。苦しいとは聞いていたが、これほどとは思わなかった。心臓は胸の中を暴れまわり、息ができなかった。体中の水分が全てあふれだしたかのように汗が吹き出た。助けを呼ぶこともできなかったし、多少の声を出したくらいでは下で寝ている親にも聞こえなかっただろう。毎朝、母親の前で飲むことを約束していた抗酒剤の効果を甘くみていたのだ。もう自分が嘘さえつけない体になってしまったことをヒデは知った。

翌朝、いつもより遅れて店に向かいながら、ヒデは暗い気分だった。
失い続ける。なにもかも失い続ける。得たものなんて何もない。
だけど他人が羨ましいということもないのだ。有名になるとか美人の嫁さんをもらうとか子供が天才とか、そういう人生を過ごしたいとも思わないのだ。

淡々と生きていけたら俺はそれでいいんだが。

ただ、友達が減ってくってことはたまらなく切ない。


「おばちゃん」

「よしたけ」のカウンターで、俺は冷たいウーロン茶をすすりながらきいた。いつかは聞かなくちゃいけない、答えのわかっている問いを。

「前に、片品に行こうって言ってたよね」

「言ったよ」

「額子が、いるの？」

「そうさ」

「でもなんで、俺に言うん」

おばやんは、何か物を考えるときの癖で、腰に軽く手をあてた。そして言った。

「あの子も体が不自由になってからお酒なんか飲まなくなっちまったよ。転んだりしたら大変だって言うんだいね」

「どしたん？　どこが悪いん」

った。

「事故に遭って、腕を挟まれちゃったんだよ」

「えっ、ほんとに」

自分の声がわざとらしく聞こえた。しかし、腕と聞いて少しほっとしたのも事実だった。

おばやんは、額子が働いていた園芸店の倉庫で事故に遭ったと言った。彼女は荷物を取りに倉庫に入って、向こうから来たフォークリフトとぶつかって壁の間にはさまれた。出会い頭の事故のようなものだったという。フォークリフトを運転していたのは額子の旦那だった。すぐに病院に運ばれたが、はさまれた左腕は神経も筋肉もやられていて、切断せざるを得なかった。

切断と聞いてはじめて、ヒデは息を呑んだ。

「医者に言わせりゃよくあることらしいけど、そんなことあたしにはわかんないよ。額子だってそりゃショックだったさ」

旦那は温厚な人で、額子のことを大事にしていたそうだ。つまり愛してたってことだ。俺と額子がつき合っていた間もずっと旦那は額子のことを愛していて、プロポーズしていたのだそうだ。元々は変な出会いで、額子の父ちゃんが柳川町《やながわちょう》で派手なケンカをやらかしたときに、仲裁に入ってくれた若者だったという。額子が嫌々ながら父ちゃんを迎えに行った。そのときから見初《みそ》められてたってわけだ。

その父ちゃんが今は何をしているのかおばやんは一切語らない。額子には兄ちゃんがいるはずなんだが、その人の行方もわからない。とにかく、額子の旦那はいい人だったと繰り返すだけだ。

だからこそ、事故の後は額子ともう元通りの夫婦には戻れなかった。

旦那はつらかっただろうな、と俺は思った。自分の妻を事故に遭わせるなんて、それこそ酒浸りになるくらいつらかっただろう。俺は額子の旦那に同情した。もちろん顔も名前も知らない人だからこそ、同情なんて尊大なことができるのだ。額子の旦那は妻だけでなく、自分の中のなにかも失ってしまった。そういう人はこれからどうやって生きていくのだろう。

額子は仕事を辞めたが、旦那の嘆き悲しむ姿を見ていられなくなって家を出た。

「子供は?」

「いなかったんだよ。それが良かったのか悪かったのか」

「旦那は今、どうしてるん?」

「伊勢崎《いせさき》のマンションで一人で暮らしてるよ」

「額子はそっちには帰んないの」

「あの子のことだから」

俺はちょっと迷ってから聞いた。

「おばちゃん、額子の旦那って星野って人？」

おばやんは銀歯を見せてからからと笑った。

「犬のホシノがなんでホシノかってことかい？」

「うん、そう」

「小学校のときの担任の先生の名前だよ。額子は星野先生に憧れてたんさね。先生が結婚したときは泣いて泣いて学校休んだくらいさ。それで大人になっても犬にホシノなんて名前つけて」

「なんだよ……俺には全然違うこと言ってたのに」

おばやんはまた笑った。


腕を失ったなんてことはドラマティックすぎて、俺は映画でも見るようにどきどきしている。だって俺が知っている額子はずっと昔の、すけべで乱暴で無愛想な女で、旦那の悲しむ姿を見て思い悩むようなしおらしい人ではなかったのだ。今の額子は俺の知っている彼女とは別人なのではないだろうか、と俺は思う。

そもそも俺には額子のことはわからない。額子の痛みや、つらさはわからない。額子の思いがわかったことなんて昔だってなかったのだ。俺は額子にとっては単なる小僧でしかなかった。ちょっと遊んでもらっただけなんだ。額子も確かそう言ったんだ。遊びだったって。

今の額子は、俺の知ってる額子じゃない。彼女はおばやんの娘でしかないのだ。おばやんは今の俺にとってたった一人の友達みたいなもんだから、おばやんの話なら素直に聞けるけれど、それ以上のことなんて。

片品にわざわざ行って会うなんて。

そんなの、出過ぎた真似じゃないか。

俺はそう、自分に言い聞かせた。

もうこれ以上勘違いをして余計なものまで失いたくなかったのだ。

でも俺の胸の中はひりひりと熱く痛んでいた。

ガキの頃の片思いみたいに。

夢中になって額子とつき合ったあの頃みたいに。

額子の、切断した腕は今でも痛むのだろうか。

額子は旦那と別れてしばらく「よしたけ」で働いたこともあったらしい。もっとも、彼女に働く必要なんてなかったのだ。労災と保険金で一生働かなくても困らないだけの金を手に入れたのだから、働くなんてほんの暇つぶしでしかなかった。

いや、金がなくてもあっても、誰にとっても働くことは暇つぶしでしかないんじゃないか。俺だってそうだ。働くなと言われたらあっという間にまたアル中になってしまうに違いない。病院での三ヶ月間、俺は働くことを夢見てきたじゃないか。

額子はおばやんとひっそり暮らしたかったのかもしれない。けれど、酔っぱらいにからまれたり、腕のないことをあれこれ質問されたり言われたりするのが面倒になってそれからは店で働くのをやめた。美人だから余計つけ込まれるのだ、と俺は思った。

「街の暮らしがいやになっちまったんだろうね。人は多いし、駅前なんか歩いてるだけでみんな、見るからね」

「でもなんで片品なん？」

「萩乃ちゃんっていう従姉《いとこ》がいるんだよ。年も二つっきり違わないし、昔は学校が休みのときはよく遊んでたんさ」

星野先生の話もそうだが、俺は額子の子供の頃の話なんて一度も聞いたことがなかった。額子にも女の子同士で遊んでいた子供の時代があったのだと思うと不思議だった。何をして遊んでたんだろう。どんな写真が残ってるんだろう。今度もし会ったら、会うことができるのなら、聞いてみたいと思った。

「萩乃ちゃんとこは夫婦で日帰り温泉で働いててね。冬はスキー場の仕事もやってる。額子は別の温泉宿の裏方をやってるんさ。裏方だったら目立たないしね」

「無理して働かなくてもいいだろうに」

「たぶん、あの子も働きながら考えてるんだと思うよ」

「そっか」

額子は一人で、何を考えているのだろう。

俺なんかに教えてくれるだろうか。


「だからってなんで俺が行かなきゃいけないんだよ」

俺は本当に混乱していた。一杯やりたいくらいだった。もう俺はすっかり行く気になっているのか。それもおかしかねえか。額子は今の俺のこと見たらがっかりするだろう。はしゃいでばっかりだった学生の頃とは違うのだ。

俺はしょうもないおっさんになってしまったのだ。額子を喜ばせることも、いい影響を与えることもできない。なんにもできないのだ、今の俺は。

「だってもう何年も額子に会ってないわけだし。おばちゃんからそう言われたって額子は俺のこと覚えてないと思う。顔とか名前とかは覚えててもさ、そんなのただ懐かしいってだけだろ。もっと、俺の性格とか、そのあとの俺の、依存症のこととか。だって昔のことだろ、俺が——」

「心配してるんだよ、あの子が」

おばやんは言った。大きなレンズのめがねの奥で、おばやんは涙ぐんでいるように見えた。

「なんでだよ」

「そんなことまでは知らないよ」

「ああ、容易《ようい》じゃねえなあ」

俺は言った。

そうは言っても、なかなか冬の片品に行く気にはならなかった。スキー客も多いだろうし、道も積雪や凍結で渋滞しているのではないか。額子がどんな思いで暗い冬を過ごしているのだろうか、とは思うものの、今の額子、というイメージがどうしても浮かばないまま、ヒデはぐずぐずと冬を過ごした。

7

相変わらず酒のことを考えはしたが、それに伴う苦痛はあまり感じなくなっていた。少なくとも自分で作った囲いを越えてヒデが飲酒に走ることはなかった。もちろん、これでもう大丈夫だ、と思っているわけではなかった。ヒデは毎朝抗酒剤を飲んで意識的に、積極的に禁酒を続けていて、不安が少ない時はあってもゼロになるということはなかった。

春の雨が降り始めた。桜が咲き、雨が降り、木々の緑が吹き出すように日ごとに濃くなった。

ラーメン屋の調理場が暑くてたまらなくなりはじめた。

ヒデは「よしたけ」で、いつものように定食を食べながら、おばやんにそれとなく額子は元気か、と聞いた。

「元気だけど、最近はあんまり帰って来ないんだよ」

おばやんは言った。

「ずっと、片品かい」

「そっさ。一度行ってみるかい」

「連休前に、店長が実家に帰るって言うから、そんときなら……」

「聞いてみるよ。もしかして忙しいかもしれないから」

「うん」

翌日、おばやんはケータイにメールをよこした。限られた人としかメールをしないおばやんの文章はこうだった。

「いつもおせわになりありがとうございます連休前がく子は了解とのことで二十七日といたしました駅より直接電話してあげてくださいよしたけ」

おばやんの文章、「坊っちゃん」に「清」がくれる手紙みたいな文体にはすっかり慣れていたが、そのメールを読んで俺は途方に暮れた。電話してあげてくださいというのは、俺に一人で片品まで行けということなのか？　てっきり、おばやんが一緒に来てくれるもんだと思ってた。だっておばやんは額子の母親だし、俺にとっても親戚みたいなものなのだ。昔、額子とそういう関係だったことももちろんおばやんは知っているし、もちろん具体的にではないが最悪の別れ方をしたあと長い間会っていないことも知っている。それなのに俺が一人で片品まで行くなんて。

メールでやりとりしても埒《らち》があかないので俺は直接店まで自転車で行った。

「メール行ったかい」

文明を信じぬおばやんは言った。

「ああ、読んだよ」

俺はちょっと呆れて、そして言う。

「俺一人で行くのかよ」

言いながら俺は、おーか甘えてるな、と思う。おばやんは笑って答えない。もし、額子が昔のままの額子だったとしたら、おばやんの前ではろくに口も利かなくなってしまうのだろうけれど、さすがにいい年してそんなことはないだろう。俺だって昔の俺じゃない。額子と二人きりで笑って話せる近況なんてない。行って、どうするのだろう。何を話せばいいのだろう。

片品は栃木と群馬の県境の金精峠《こんせいとうげ》の手前だから、高崎から決して近くはないんだが、クルマで行けばどうってことはない。関越に乗れば沼田インターまではあっという間だし、そこからは国道120号をひたすらまっすぐ北東方向に行けばいいだけだ。しかし俺の免許は取り上げられている。だから俺は修学旅行に遅刻して追いかけていくみたいに電車で沼田まで行って、そこからバスに乗るしかないのだった。

幸い、水上《みなかみ》行きの上越線は十五分後の発車だった。ボックス席の斜め前に座った男は妙に唇が赤くて、列車が動き出す前から文庫本を読んでいた。俺はその男から目をそらした。

新前橋に、渋川に電車が停まるたび、俺はまだここからならバスでだって帰れる、まだ近い、まだ逃げられる、と思っていた。いっそ終点の水上まで行って駅前の温泉にでも浸かって帰ってくるという手もあった。なにしろ俺は、額子ってだけでびびりまくっていた。すっぽかしてしまいたいと思うのは、すっぽかされるのが怖いからだった。

沼田までは電車で四十分かそこらなのだが、自分でハンドルを握らずに、右を見たり左を見たりして姿を変えていく赤城と榛名をぼーっと見ているのは妙な感じだった。いくつかの短いトンネルを抜け、何度も利根川をまたいで、注意深く平地を探すように列車は進んで行った。利根川に近い農家には、あっちにもこっちにもでかい鯉のぼりが出ていた。我が家には跡取り息子が生まれたぞ、と威張っているのだった。それを見て、加藤のことを思い出した。大学時代から、あいつがゴールデンウィークにすることと言ったら田植えだった。今でも連休となれば、きっと実家の農作業を手伝っているに違いない。そして去年の暮れに生まれた加藤の息子のためにまた特大の鯉のぼりが仕立てられ、空を泳いでいるのだろう。杉の丸太はまだ皮を剝いだばかりで新しくて、てっぺんには目にも爽やかな杉の葉もついている。

沼田の駅のホームで俺はタバコを吸った。二つの天狗の面の間の改札を抜けて、鎌《かま》田《だ》行きのバスの運転手に発車時間を聞いて、それから初めて額子に電話をした。何と言って挨拶しよう。昔の番号で本当に通じるのかと思ったが、あれこれ考える間もなく額子は電話に出た。

「今どこ」

相変わらず愛想も表情も読めない声で額子が言った。

「沼田の駅」

「バス、来てる？」

「うん、もうすぐ出る」

「滝でも見る？」

滝というのは吹割《ふきわれ》の滝のことだろう。

「うん」

「じゃあ、バス停で待ってるから」

こんなものなのか？　こんな当たり前みたいなものなのか？

これじゃあ先週会ったばかりの彼女みたいじゃないか。

俺は当惑するとともに何かに激しく抵抗したくなった。

バスは腹に力を込めるような音をたてて椎坂峠《しいさか》を越えていった。一時間近く乗っただろうか、俺のほかに乗客はもう二人しかいなかった。二人とも若い女の子だったが頭を左右に揺らして熟睡していた。

ようやく吹割の滝の停留所に近づいてバスは速度を落とした。バス停には肩まで髪を伸ばした老婆が一人佇んでいるだけだった。頭は真っ白けなくせにミニスカートにスパッツなんか穿いてる派手なババアだった。

ゴールデンウィーク前の平日だからか、観光地なのに殆ど人もいない。駐車場もがらがらだった。額子はどこで待っているのだろう。その辺りの茶屋で時間でもつぶしているのか。

いや、老婆ではなかった。それが額子だった。

腰も曲がっていなければよろよろしているわけでもない、その変ちくりんな派手なババアが今の額子だった。

額子が片腕になったことは聞いていたけれど、総白髪になっていたとは知らなかった。俺は驚いた。かなりの迫力だった。

なんでこんなになってしまったのか。いくらなんでもまだそんな年じゃないだろう。よほど、体のことがつらいのか。悩んだのか。

額子がこっちを見た。俺は感情を隠して軽く手をあげた。額子が無言でうなずいてみせると白髪がはらはらと揺れた。

お互いに、元気？　とも聞けなかった。

二人は遊歩道に下りて川沿いを歩いた。

額子は特に不機嫌そうでもなかったが、ヒデにとっては話しかけづらかった。歩調を合わせるために額子を見やると、薄手のコートの左の袖は安全ピンで胸の下に止めてあった。

「山吹《やまぶき》が」

唐突に額子が言った。

「え？」

「山吹が今頃だったらたくさんあったわけなんだけど、なくなっちゃった」

「なんで」

「観光客で持って帰る人がいるって聞いたけど、わからない」

「そうか」

川の水量は以前見たときよりもずっと多かった。遊歩道の縁まで押し寄せて相当な速さで流れていた。下手に足をつっこんだらあっという間に流されるだろうとヒデは思った。歩きながら川を見ていると、どういう速さで自分が歩いているのか、どれだけの速さで川が流れているのかわからなくなった。高速の動く歩道に乗っているようでもあり、スローモーションの流れを見ているようでもあった。遊歩道が川と一緒に轟音《ごうおん》をたてて流されていくようでもあった。

少し下ると川は真ん中から二手に分かれてまた一つに合わさって馬蹄形の滝をつくっていた。対岸の方からまっすぐに流れ込む雄滝《おだき》と、手前から回り込んで次第に勢いを増す雌滝《めだき》が同じ滝壺に注いでいた。山の上の見知らぬ沢から細長く落ちてくる滝ではなく、今まさに目の前で流れている川の底が割れて突然深い淵になり、そこへ地面を失った水がどうどうと落ちて行くのだった。滝壺では砕けた水が碧《あお》く冷たく、しかし煮えくりかえるかのように激しく岩に打ちつけ、さらに下流へと速さを増していった。

遊歩道が終わるとそこは広くて平坦な岩の河原で、柵などは一切なかった。ヒデと額子はぎりぎりまで水際に寄って足下に崩れ続ける滝を眺め続けた。

ヒデは激しい不安に襲われた。額子の右腕にすがりたい気分だったが、その額子に対しての違和感も含めてなにもかもが非現実的な気がした。

「水が多いね」

ヒデは滝の音に逆らうように言った。

「今年は雪解けが早いから」

と、額子は言った。相変わらずにこりともしない。

「でも、冬は相当降ったんだろ」

「うん、今年は多かった。寒かったし」

「もうストーブは仕舞ったかい」

「ストーブは仕舞わないんだよ。ここじゃ、一年中」

「そうなん？」

「うん。夜は寒いから」

まるで初めて乗ったタクシーの運転手とするような会話をしながら、二人はつかず離れず歩きはじめた。このままちぐはぐな会話をしているのはたまらないな、とヒデは心の奥底で思った。

駐車場まで戻ってくると、額子がポケットからクルマのキーを出して、顎でクルマをさした。

グレーメタリックのMPVだった。

「これ、額子の？」

「うん、片手で操作できるようになってる」

運転席を開けると、ハンドルに革巻きのグリップが取り付けられていた。ウインカーもライトもグリップのボタンで操作できるらしい。ヒデが眺めていると、

「うちで、ご飯食べていきな」

と、額子は言った。


額子がクルマを停めたのは昔ながらの民家だった。

「ここ、一人で住んでるの？」

「そう」

「従姉と一緒じゃないんだ」

「この辺はこういう家、結構あるんだよ。人が住んだ方が家が傷《いた》まないからって、安くで貸してもらってるの」

「買っちゃいねえんだ」

「うん」

多分買うことだってできるのだろうけれど、額子はまだ片品に骨を埋める気はないということか。

ひっそりとした家だった。額子が淹れた茶をすすりながらヒデは聞いた。

「俺のこと、おばちゃんから聞いてたんだ？」

「うん」

「一番ひどいときに助けてもらったよ」

「うん。聞いたよ」

「額子は大丈夫なん？」

「痛いよ」

「傷口？」

切断部のことをなんと言っていいかわからなかった。

「指先」

「どっちの」

「ない方の」

「左の指が痛いん？」

「うん。薬指とか、中指とかの指先」

「事故からずっと？」

「うん、ずっと」

切断部までしか神経はないのに、見えなくて触ることもできない、存在しない先端が痛むのだと額子は言った。


この先どうするのか、とは聞けなかった。その質問はヒデ自身が一番されたくないものだった。ヒデはテレビをつけたが相変わらずビールのコマーシャルばかりやっているのですぐに消した。

額子は、あり合わせだけどちょっとごはん作るね、と言って台所に立った。手伝うよ、と言ってヒデは後に続いた。

ヒデが手伝うことなど何もなかった。額子はまな板に刺してある釘や、重しや、滑り止めのマットなどを使って、こごみのごま和えと一口カツ、大根のサラダ、きのこ汁などを手早く作った。

「こんなの、どうやって覚えたの？」

カツを揚げている額子の横に立ってヒデは聞いた。

「福祉センター。あの頃はイヤだったけど高崎の店手伝ったのもよかったみたい。何でもできるようになった」

「俺だって厨房に入ってるのに全然かなわねえ」

「おにぎりだって出来るんだよ」

初めて、誇らしげな表情が覗いた。

「どうやって?」

「茶碗の中でラップで握っておいて、まな板の上で形を整えて海苔を巻くんだよ。片まひのおばあちゃんに教えてもらった」

「昔はあんまり料理なんてしなかっただろ」

「人に作ってあげるってことはなかったね」

ヒデはごはんを茶碗によそい、出来上がった料理を次々食卓へと運んだ。

食べ慣れた「よしたけ」と似ているようで少しだけ味付けが違う食事だった。

「うまい」

と、ヒデが言うと額子はやっと緊張が解けたように笑った。

「この冬、ずっと考えてたんだけれど」

額子は恥ずかしそうに言った。

「勉強しようかと思ってるんだ」

「勉強って？　大学に入るとか？」

「通信制の大学にしようかなと思って」

「へえ」

「一番忘れてたことだから」

そんなの。

勉強なんて金持ちの趣味だ、と一瞬ヒデは思い、それから打ち消した。額子は自分の体のハンデを超えて……なんだ、俺、なんでこんな陳腐《ちんぷ》な言葉で考えてるんだ？　ただ単に興味があることを話し合ってるだけじゃないか。

「何を勉強すんの」

「うん、古文を読みたくなってね」

「コブン？」

「蜻蛉《かげろう》日記とか、更級《さらしな》日記とか、ああいうの」

「源氏物語とかも？」

「そう。昔は全然興味なかったけど、なんだか最近読んでみたいって思うんだよね。千年も残るような文学なんだから何かやっぱりあるわけでしょ。それで」

ヒデには彼女の興味がよくわからなかったが、何もない自分と比べて羨ましい、と思った。

「なんかやりたいっていうのはいいな」

「うん」

デザートのイチゴを食べて、ヒデが食器を洗うと言うと、それは食器洗い機がやってくれると額子が言った。以前は手で洗っていたが、うっかり皿を割ってケガをしてからは機械に頼っているということだった。

それにしても酒がないということは、実に手持ちぶさただった。飲みたいというわけではなく、間がもたなかった。ヒデはしきりにタバコを吸った。

お風呂入る？

沈黙を破って額子は言った。

いや、とヒデは言った。俺ぁ帰りにあっちの日帰り温泉でも寄りゃあいいから。

そっか、私はあそこは行かないから。

ヒデは悪いことを言ってしまったように思う。

ねえ——
頼みたいことがあると、額子が言った。
なに。
生活のことでも殆ど何も困らないんだけど、一個だけできないことがあって。
どんなこと？
右腕を洗って欲しいの。ガシガシ洗ってほしい。
ああ、そんなことだったら。
あとね。
なに。
右の腋毛《わきげ》を剃って欲しいの。
ヒデは躊躇する。
どういうつもりだよ。
自分じゃできないから。
わかったよ。
額子は脱衣場に入り、やや時間をかけて服を脱いでいるようだった。ヒデは靴下を脱いでジーンズを足首までまくりあげ、羽織っていた長袖のシャツを椅子の背にかけた。

「だいじょぶか」

と、ヒデは声をかける。

シャワーの音が答えた。

浴室のドアを開けると、額子は浴槽に向かうように座って下半身にタオルをかけ、孤児のようにヒデを見上げていた。髪はゴムで後ろにくくってあり、そうすると顔つきが急に若々しく見えた。胸も昔のままで豊かだった。

ヒデはボディソープをスポンジタオルにとって、丁寧に額子の首筋から背中を洗った。大型犬か、或いは馬でも洗ってやるようだった。

「強くないか」

「うん、気持ちいい」

それから右腕を肩から腕の内側、指先まで丹念にこすりあげ、スポンジタオルを桶につけてから、肩からほんの少ししか残っていない左腕の、きれいに巻き込まれたなめらかな皮膚を指先でそっと洗った。

額子はまたヒデを見上げる。

「あとは自分で洗えよ」

と、言って目をそらした。

ヒデはシャワーで額子の全身を流してやってから右腕をとって、頭の上まで持ち上げた。腋下《えきか》のくぼみには、見事な芝のような黒い毛が濡れていた。額子の髪の白さとは対照的だった。

「ハサミは」

「眉毛切るやつでいいのかな」

「いいんじゃねーの」

洗面台の一番上の引き出しに入っているという。

小さなハサミで、ぱつぱつとした手応えを感じながら少しずつ額子の芝生を刈っていく。黒い毛が短く落ちる脇腹と、乳房と、桜色の乳首がヒデをひきつける。

額子は何かに耐えるように顎をそらして左を向いていた。

「剃るぞ」

「うん」

濡れたままの腋にボディソープを少し塗りつけてから、女性用のシェーバーを当てて果物の堅い皮を剝くように少しずつ剃った。くぼみが、腕の内側よりも青白く、露わになった。

ヒデは勃起した。ジーンズの前の隆起を額子に面白そうに見られるのはイヤだったが、それでも痛いほど勃起した。

シャワーで流してから、手をひいて脱衣場に立たせ厚手のいいタオルで、額子の全身を拭いてやった。

「ありがと」

額子は小さな声で言った。

ヒデは、同じタオルで腕と足下を拭いた。ジーンズが濡れていたが、すぐに乾くだろう。

「終バスって何時？」

身支度を終えて出てきた額子にヒデは聞く。

「え？」

額子は眉間にかすかな皺を寄せた。

「バスは早くになくなっちゃうんだろ」

「まだ大丈夫だよ、クルマもあるし」

「いいよ。もう、帰らなきゃ」

「ごめん。うまく歓迎できなくて」

「そんなこたねーよ」

「でも、もうちょっとだけ待ってよ」

待って何をしろというのか。こういうのは苦手だ、とヒデは思う。もう帰りたいが、額子は帰らせまいとする。居心地が悪ければ悪いほど、額子は別れまいとする。泥沼にはまってもその場でじたばたして解決しようとする。逆に、自分だけ居心地がよければさっさと去っていく。ヒデがどんな問題を抱えていたって知らぬ顔だ。昔からそういう女だった。

それで、今はとにかくヒデの帰りを引き延ばそうとしている。

せっかく来たのになんで帰るの、と思っていることも想像できる。それは、女の感情であってヒデには共感できない。

でも久しぶりだったんだし、ここはこれでいいじゃないか。仕切り直しって言葉だってあるじゃないか。

「やっぱり、帰《けえ》らぁ」

ヒデが立ち上がろうとすると額子は小さく叫んだ。

「じゃ、いつセックスすればいいんだよ!」

「やめろよ」

ヒデは言った。ばかばかしいとも思ったが言わないと収まらなかった。

「それしかねーのかよ!」

「そうじゃないよ。別に、そういう意味で会いたかったたっていうんじゃないけど、会ったらやっぱり」

やりたいんじゃなかったらなんで来たの、と額子は言わなかった。そう思い当たってヒデは冷たい汗をかいた。なんで来たのか。心配しているとおばやんに言われたから? 懐かしいと思ったから? まさか、おばやんから事故で身障者になったと聞いて驚いたから? 今、額子がどんな姿になったか興味を持ったから?

全て嘘ではなかった。額子の体が懐かしいことだって否めなかった。だからといって、それだけとも言い切れなかった。ヒデはそこでは安心できなかったのだ。混乱し、頭に血が上った。

「冗談じゃねーよ。だって額子、覚えてんだろ。俺をどーやって捨てたか。どんな目に遭わせたか。俺だってこえーよおめーみてーな女。この先また裏切られるかと思ったら怖くてつき合えたもんじゃねーよ。そんなふうに言われたら勃《た》つもんも勃ちゃしねえよ。俺にはおめーが何考えてんだかさっぱりわかんねー」

「ちょっと待ちなよ」

落ち着いた声で額子は言った。

「あのときは、私が裏切ったよ。だって結婚はもう決まってたんだもの。だからあんたに悪いことをして、それをずっと気にしてたまらないような後悔をしたかったんだよ。だから忘れてないし、今でも悪かったと思ってる」

ヒデは自分のことはさしおいて額子の物言いの成長のなさに腹が立った。もう殆ど、来なければよかったとまで思っていた。

「後悔したかったって、なんなん？　わっかんねーよ。ほんとおめーはわっかんねー」

「私が悪かったんだよ」

かすれた声で額子は言って、たった一本の腕をヒデの背中に回した。ヒデは巨大な花に包まれたような気分になる。あたたかい香りの中でむせそうになる。抵抗できなくなる。もっともっと弱くなりそうになる。

「償《つぐな》うよ」

と、額子は言った。

だめだ、こうじゃいけねえ、

ヒデがそう思って顎をあげたとき、額子の肩越しに、青銅色をした想像上の人物が歩みよって来るのを見た。

額子の背後に来た想像上の人物は、きれいな小刀で自分の左腕をすっぱりと切り落とした。想像上の人物はもちろん、血を流すことも、苦痛を表すこともせず、音もたてずに床に落ちた自分の腕を手にとって、こちらにむかって差しのべた。

かすかな風が額子の鬢《びん》のあたりと、ヒデののど元に触れた。ヒデは目を閉じた。

次の瞬間、ヒデは額子の二本の腕に抱きしめられていた。

8

いささかのためらいを感じながらも、俺は毎日、額子にメールを送り、休みの日ごとに片品に通うようになった。学生のように実家から電車とバスを乗り継いで、二時間もかけて額子の家に行くのにもじきに慣れた。店でいらなくなった漫画雑誌を二冊も持って行けば移動の時間もつぶれた。

額子は手の込んだ料理を作って待ってくれていた。俺は台所の額子にへばりついて、いろいろ料理を習った。寒い日には豚汁やシチューが旨かった。「よしたけ」仕込みのおでんも出たし、珍しい洋風の肉の煮込みもあった。鍋の時はよかったけれど、額子が、俺のために作ってくれた料理をその後何日も食べ続けることを思うと、少し申し訳なかった。

飯が終わると、額子と一緒に風呂に入り、体も頭も洗ってやる。交代で浴槽に入ってゆっくりあったまってから上がると、造りの古い脱衣場の椅子に額子を座らせてドライヤーをかけてやる。真っ白だった髪に、少しずつ黒い毛が混じるようになった。

額子は俺とすぐにやりたがったけれど、同時に不安げでもあった。俺が終わってしまうと、もちろん言葉にはしないけれど、それが最後でもう二度と会えないと思いこむようなところがあった。確かに、セックスが終わればもう帰りの時間が迫っていて、俺は額子の不安を解きほぐしてやることができなかった。


ラーメン屋の方は、なかなか繁盛していた。俺の他にバイトが二人入って、それでも昼と夕方は忙しかった。俺も仕込みの手伝いとか、炒飯や餃子の調理をやらせてもらえるようになった。毎日仕込むラーメンのスープの難しさもわかってきて、とてもじゃないけれど、俺には店なんか出せないなと思ったのもこの頃のことだった。

ある日、店を片付けていて、ふと手に取った新聞の記事に俺は驚愕した。

「全治の会」信者に暴行か　会社員死亡
　神奈川県川崎市の今井寿弥さん（25）が2月19日、宗教法人「全治の会」本部（東京都練馬区）で死亡した事件で、警視庁は8日、傷害致死の疑いで、「全治の会」代表井原武徳（52）と、理事の山根ゆき（32）、職員の高橋陽介（28）を逮捕した。
　調べに対し、井原容疑者らは暴行について「修行の一環だった」と供述している。

強い動悸がいつまでも続いた。
人を殺した？　なんで？
なんでそんなことになっちゃうんだよ？
人を救うための宗教が、なんで人を殺すんだ？
そんな修行ってあるのか？　死んじゃうような？
ネユキが人を殺した？
あのネユキが？　暴行なんてできるのか、あいつに？　あの温厚な女に？

巻き込まれちゃっただけか？　でも、新聞にはネユキの犯行だと書いてある。事実なんだろうか。そんなひどいことが。

でも実際に人が死んだ。殺された。

わかんねー。頭が痛え。

ネユキが行ってしまった闇の向こう側を考えようとしても何も浮かばない。

俺は混乱から抜け出せない。


テレビに貼りついてニュースを見た。ネットのニュースもくまなく見て、週刊誌を何冊も買った。

そこでは「全治の会」が、いかにいんちきな宗教であるか、そればかりが報じられていた。健康にいいと言って簡単に濾過《ろか》しただけの水道水や、果実酒にちょっと色をつけただけのものを暴利で売っていたことや、多額の献金を信者から集めていたこと。肉体から悪いものを出すと言って、過酷な修行を信者に強いていたことなど。店にテレビはなかったから、昼のワイドショーでどんなふうに叩かれていたのかはわからない。

数日たって、亡くなった人は人間関係のもつれからリンチを受け、本部道場にあるジャグジーに沈められて溺死したというニュースが出た。

友達が関わっていなければ、ありふれた事件だったと思う。それでも俺の知りたいことはどこにも書いてなかった。

ネユキが一体どうなっちまったのか――

今、あいつが何を考えているのか――


額子と会っても、ヒデの気持ちは晴れない。ネユキのことをこれ以上考えても仕方がないと思う。しかしそうすると、ヒデの脳裏に、酒という言葉が、甘やかなイメージを持って膨れあがる。飲酒欲求ってやつだとはわかっている。ヒデは思う。

飲んじゃいけないことは百も承知だ。朝、ちゃんと抗酒剤も飲んでいるから、酒を口にしたらどんな目に遭うかも知っている。だけど、ネユキのことを、飲んで静かに考えてみたい。もしくは飲んで忘れたい。どちらにしても酒が欲しい。

酒が飲みたい。匂いを嗅ぐだけでも気分が変わるかもしれない、口に含むだけでも――どうせ一口しか飲めないいんだ。一口飲んでくたばっちまうんだったらそれでもいい。

「額子」

「ああ？」

「飲みたくなっちゃったよ」

「だめだよ」

「わかってるけど、でも本当に俺、酒でも飲まないとどうにかなりそうだ。今日だけ……」

次の瞬間、一撃がヒデの頬を襲った。ヒデは座敷に叩きつけられそうになり、あやうくこらえた。

「ごめん」

ひっぱたいた額子が言った。

「力入っちゃった」

「おめー、ほんと強えな」

ヒデは呆れて頬をこする。

「おっかねえ女だなあ」

「ごめん、でも飲んじゃいけないんだよ」

「いや、俺が悪かったんだ」

一撃とともに、飲酒欲求は確かにふっとんだ。酒が、再びヒデの中でイメージを伴わない単語となった。

頬が熱を持って内側からびりびり痛む。

痛快ってこういうことなのか、とヒデは思う。

片腕でなんでもこなす額子の強さが、俺の依存症を撃退する。


「なあ額子」

ヒデは言った。

「ネユキは本当に殺そうと思ってやったのかな」

「さあ」

「修行のためだと思ってたのがエスカレートしちゃったのか、それとも何か、内輪で問題があって、ものすごく感情的になって殺しちゃったのか」

「修行だったたって、信じてあげなよ」

「俺もそう思いたいんだけど」

「だって、友達だけだよ。一緒にいられなくても信じてあげられるのって」

「額子には、そういう友達いる？」

「身近すぎて恥ずかしいけど、萩乃ちゃん」

「そっか、いい人だもんな」

「ほかの友達は、離婚してから会ってないんだ」

「悪いこと聞いちゃったか」

「いいんだよ」

俺は迂回するだろう、俺は君を忘れないだろう——ネユキがよく聴いていたラウンドアバウトのリフをヒデは思い出す。あの、力強く何かに突き進んでいくような曲を。あの曲は、今もネユキの中で鳴っているのだろうか。


額子と萩乃さんは、従姉妹じゃなくてほんとの親友のようだ。俺が額子の家に行くと、二人してよく笑っている。たまに萩乃さんの旦那が友達と飲みに行くとき、萩乃さんは子供をばあちゃんに預けてやって来て三人で飯を食う。いい年して、女二人は俺をネタにしてバカみたいに盛り上がる。

飯が終わると、萩乃さんが旦那のムラーノで沼田まで送ってくれる。本革シートで、インテリアもかっこよくて、俺にとっては憧れの車だ。俺がこんな車を買えるわけがないので、ずっと憧れのままなんだろうなと思う。

萩乃さんは運転が上手い。額子だって運転は下手ではないけれど、萩乃さんの雪道走行には、俺なんか免許を取り直してもとてもかなわないだろう。

そういうとき、額子が猛烈に妬いているのを俺は知っている。どんなに仲が良くても俺と萩乃さんが二人きりというのは気に入らないらしい。

「額子も一緒に行こうよ」

と、言うと、後片付けがあるとかなんとか、ぶつぶつ言うのだ。

もう一度誘えば、むやみに大きな声で、

「いいよ、二人でドライブしなよ」

と言う。因業《いんごう》な女だ。

でも、萩乃さんと俺は額子の話しかしないのだ。

額子が、萩乃さんを頼って片品に来たとき、精神的にぼろぼろになっていて、ときには手がつけられなかったこと。今みたいに屈託なく笑うことなんて滅多になかったこと。

でも、だんだんに落ち着いていって、片品の春や夏が気に入って、地元の人にも馴染んで、自活を始めてからよくなってきたこと。

「額子はここにずっと住むつもりなのかなあ?」

「うん、もう街には住みたくないって言ってるよ」

「そうなんだ」

俺にとって片品というのは、冬の雪が多くてさびしい土地、というイメージだけれど、額子はいっぺんに花が咲く春と、短くて明るい夏が大好きなのだった。

「しばらくいい状態が続いたんだけど、おばさんからヒデくんの依存症のことを聞いたとき、また荒れてねえ。頭白くなっちゃったのはそのときなんだよ」

「俺のせいですか」

「心配だったんだよ」

「マジですか」

萩乃さんはころころと笑う。今はもう、治りかけてるから笑えるのだ。

「ずっと気にしてたんじゃない」

「だって俺」

俺だってそれ以上はうまく言えない。

「ヒデくんって、この先どうする気なの？」

「この先って？」

「結婚とか、考えてる？」

「いやっ……だって、俺」

「ん〜?」

萩乃さんの「ん〜」というのは独特で、小動物っぽくて、ものすごくかわいい。

「無理っす結婚なんて。俺、金ないしバイトだし」

「でも、このまんまじゃ額子ちゃんだってかわいそう」

「額子は平気だと思います」

「そんなことないよ。額子ちゃんはヒデくんと一緒に暮らしたいと思ってるよ」

「片品で?」

「うん」

「そんな簡単に言うけど……」

「全然違うもん、額子ちゃん。ヒデくんが来るようになってから」

「そんなことねーと思うけど」

「ほんとだって」

「萩乃さんだから言うけど、俺なんか額子に釣り合わねーっすよ。だってあいつ、立派だもん」

「いいなあ」

「え」

「それだけ愛してて、尊敬してるってことだよ。尊敬できる相手と一緒にいられるのって、滅多にないよ」

愛してるだって。

そんな言葉が俺に許されるのか。確かに俺は額子に会うことばかりを考えているけれど、愛してるなんて思ったことはない。

そして、前の旦那を捨てた額子に、そんなことを言わせたいとも思えないのだ。

俺は、かつて自分をアルコールに駆り立てたものが、行き場のない思いだったことを理解している。アルコールだけではないだろう、今までやってきたことの殆どすべてが、行き場のない思いから発している。今だってそうだ。自分の家に帰るときにも、自分の部屋でテレビを見ているときにも、その思いはつきまとう。家族と過ごしているときもそうだし、もしも本人が知ったら残酷かもしれないが、額子の中に入っているときでさえ、そうだ。

額子もまた、現実に行き場をなくして片品村に行き着いたのだが、あそこでずっと古典の勉強をして、ひょっとしたらその勉強がいずれ生き甲斐となって過ごすのだろうか。本当にずっと暮らすつもりなんだろうか。額子の場合、ある意味で暮らしは保証されている、でも、それもまた檻の中にいるようなものではないか。

俺はいつまでその思いにさいなまれ、亡霊みたいな心でさまよい続けるのだろうか。

俺は、贅沢すぎて満足ができない人間なのだろうか。

それとも、どこかに落ち着いてしまうことが怖いのだろうか。仕事や家庭で安易な到達感を得ることに拒絶反応を示しているのだろうか。何かの決着がついたような顔をして、あとは自分の健康だけにびくびくして暮らしていくこと――そういうのが大人ってわけじゃないだろう。

いい加減家を出なければ、と思う。親が年取ったときはまた別だけれど、いつまで親の厄介になっているのだろうと思う。もちろんそれは、額子のところに安易に転がり込むということとは違う意味だ。

俺がもし片品で、何か仕事をするとしたら――季節の仕事でいい、果樹園の手伝いとか、スキー場とか、細かいものをつなぎあわせて生きていってもいい。観光客の来る川場村《かわばむら》とか、沼田まで働きに出たっていい。でもそんなんで暮らしていけるのか。額子のこと以外で考えたら、俺が高崎を出ることは、不自然だ。そんなことで、俺がずっとつき合ってきた行き場のなさが解消するのだろうか。俺はまた、ふらふらと飛び出して、額子のてのひらから落ちていってしまうんじゃないか。

誰もいない家なのに、俺たちは囁き合う。体をぴったりくっつけてまろぶ。うじゃじゃける。愛《め》づる。額子は最近そういう変な古語をふざけて使うようになった。

「つけなきゃ」

思わずそのまま額子の中に呑み込まれそうになって、俺は腰を引く。

「つけなくていいよ」

額子は柔らかい体を押しつけてくる。

「失敗したらどーすんだよ」

「いいんだよ」

俺たちは、長く深い呼吸を交わす。俺が高まって強く打ち込むと額子は千切れそうな声を出す。

間一髪、外に出してから一息ついて、俺は、

「おめー、まさか種が欲しいだけとかじゃねーだろうな」

と言った。

そのときの額子ときたら、怒って怒って、そのあと一ヶ月近く、ろくすっぽ口も利いてくれなかった。俺はそれでも額子の家に通った。メールも毎日出した。平謝りし

て、やっと許してもらった。

でも額子は子供が欲しいんだろうか？

育てたいと思うんだろうか。

それは、聞けなかった。

想像上の人物は、あれっきり気配さえも見せない。彼女が一体なんだったのか、俺にはわからない。でも、額子と抱き合うときに、ときどき、二本の腕に抱かれている気がするのは確かだ。

俺は今、想像上の人物を必要としていないのかもしれない。実在の人ではないのだから申し訳ないとか気の毒だとか思うことはない。また何かのタイミングで会えるかもしれないし、一生会えないかもしれない。

それは単に俺固有の精神の問題で、うまく説明できないから、額子には話していない。

三月に、ラーメン屋は高崎駅西口に進出した。なんといっても駅前は人通りが多いし、若い客を当て込んだわけだが、それが失敗だったようでさっぱり客が入らなかった。時給が下がって、俺のほかのバイトはやめていった。駅前だから駐車場を確保できなかったのがさらに悪かった。前の場所の常連客は全て車で来る客だったからだ。決して味が落ちたわけではないのに、店構えが悪かったのだろうか。すっかり暇になってしまった。俺は毎日、フロアに立っているだけだった。それだけでも苦痛だが、ラーメン屋にとって一番つらいのは、せっかく取った自慢のスープを捨てることだ。俺だってチラシを作って配ったり、タウン誌に売り込んで記事を載せてもらったり、いろいろがんばったのだけれど、三ヶ月たって店長に言われた。

もう、このままじゃ家賃も払えない。店を閉めるしかないと思う。ただ、残された少しの時間、初心に戻って一人でやってみたい。ずっと働いていてくれた大須には本当に申し訳ないんだけれど、これ以上いても何もしてもらうことがないんだ。

俺はまた、自由の身になってしまった。

「額子、俺、クビんなっちゃった」

「なんかあったん？」

「明日、行っていい？」

「いいよ」

あれこれ考えると気が重いが、何も考えないようにすれば気楽な感じでもある。なんだろう、この気分はうまく言えない。額子に説明できるだろうか。

一番いい季節だった。高崎は蒸し暑かったが、沼田の駅では強い日差しの下で爽やかな風が吹いていた。額子は駅まで迎えに来てくれていた。

「この辺でご飯でも食べる?」

「任せるよ」

「いつもの定食屋でいい?」

「ああ、いいね」

萩乃さんの旦那が教えてくれた定食屋に入る。額子はメンチカツ定食を、俺は焼きそばの大盛りと冷や奴を頼む。

「そろそろ、免許取れるんじゃない?」

額子が言う。

「そうなんだよ。でも俺、運転できるかな。忘れちゃってんじゃねーの」

「できるさあ。すぐ慣れるさ。それよか学科が問題なんじゃない?」

「あー、それもある」

学科は全く勉強していなかった。

「車、買うん？」

「そりゃ欲しいさ。そしたら電車とバスの時間、気にすることもねーしさ」

わくわくしているのだ。二年ぶりに車を運転するのが、楽しみで仕方ないのだ。バイトで貯めた金で、できれば中古の四駆を買って、好きなときに額子に会いに行って、好きな時間に帰れる。

「いっそ片品に来たら？」

はっきりと、額子は言った。

「えー」

俺は、どう答えればいいんだろう。ハイそうします、とも言えないじゃないか。考えさせてもらいますと言ったら感じ悪いじゃないか。でも、嫌な理由はひとつもない。もうどうせ自由の身なんだから、いいんじゃねーか。

片品まで、俺はあれこれ考えていて、何も言えなかった。額子はさばさばした様子でハンドルを操りながら峠を越えていった。

「トマト、冷やしてあるよ」

家に着くと額子が言った。ああ、もうそんな季節なんだ。あの、果物よりもやさしい味がする片品のトマトの季節。色だって真っ赤じゃなくて、少しピンクがかっていて、それがまた食欲をそそる。

くし切りにしたトマトにかぶりつきながら、俺は店の経緯を話した。駅前に進出したことは店主の挑戦で、夢でもあったから、俺はちっとも恨んじゃいねえ。でも、こんなことになるとは本当にそうなるまでわからなかった。そんな話をした。

「店はもうすっかり、だめげーなんだよ。それで俺も働けなくなっちゃった」

「容易《よい》じゃないねえ」

「ああ」

ほんと、容易じゃねえ。何もかも。

でも、案外平静な気持ちだ。

「俺、どうしようかな。おばちゃんが引退したら『よしたけ』継ごうかな」

「あんたにでっきるわきゃねーよ」

そういいながら、額子はやけに機嫌がいい。

「ちょっと出ようか」

手を洗いながら額子は言った。俺も立ち上がる。

「どこに」

「すぐその辺だよ」

花咲《はなさく》の方に車を走らせ、路肩に額子は車を停める。

「なんかあるん？」

「あるよ」

輝くような草木の緑に包まれた塗川《ぬりがわ》の岸辺に下りて、額子は一本の橅《ぶな》の木の幹を親しげに叩いた。まるで友人を紹介するようだった。

「この木が好きなんさ」

俺の脳裏に嫌な思い出がよぎる。

額子と木という組み合わせは、不吉だ。


確かに、立派な木ではあった。高さはそうないが、途中から太い枝が手をさしのべるように川に向かって伸びている。

「俺を縛るなよ」

額子はからからと笑う。

「そんなことしねーよ」

そうだよな、昔の話だ。

「まさか登るつもりじゃないだろうな」

「うん。この枝から川を見下ろしてみたくって」

「無茶だんべ」

「大丈夫だよ」

一番下の枝の叉《また》のところまで右手と右足が上がればいいと言う。俺が後ろから額子の尻を押し上げて、額子はかなりみっともない格好で木にしがみついた。

額子は枝を這うように登っていった。足場を固めて、上半身を幹に沿わせて、力強い右腕が一歩一歩前に出る。変則的ではあるが、ぎこちなくはない。そういえば、豹って木に登るんだったなあ。

何も考えずただ木に登っていく額子が、だんだん、完璧な生き物に見えてくる。


額子はゆっくりと進んでいく。

「獲物でも狙ってるんかい」

ヒデが見上げて、からかう。

「気持ちいいよ、あんたにこの景色を見せてやりたいよ」

「まさか飛ぶんじゃねーだろーな」

「ばかべー言ってんじゃねーよ」

と、額子が返す。

「気をつけろよ」

もし、枝でも折れたら大変なことだ、とヒデは思う。

「あんたこそ気をつけなよ」

ヒデが振り向くと、額子につられてじりじりと後ろに下がっていて、もうあと一歩で川の中だった。潔く川に入る。靴と靴下とジーンズの裾があっという間に水を吸い込んで重くなる。雪解け水だから思ったよりはるかに冷たい。この冷たさにどれだけ持ちこたえられるかわからない。

「なーにやってんだよ、川ん中で」

額子の声が降ってくる。

「おめーが落ちてきたら受け止めてやんだよ」

「ケガするよ」

「大丈夫さあ」

ヒデは上を向いて、けれども額子と目は合わせずに言う。

「おめーさ、俺と結婚してーのかよ」

言ってから、声がかすれてしまったことが気になる。

「なんか、さっきそんなこと言ってなかったか？」

「片品においでよ、って、言った」

そうしたっていいよな、とヒデは思う。何が悪い。何も悪くない。こいつと生きていったらいい。

「来たら、養子にしてやるよ」

樹上から額子がせせら笑う。

「大人になるまで面倒見てやるよ」

「ばかもの」

ヒデは言って、そのはずみに足を滑らせた。

木々の緑を透かしてそそぐ強い日差しと照り返す水の眩しさがヒデの目の前にあふれかえった。

参考文献

『なんでもできる片まひの生活　くらしが変わる知恵袋』臼田喜久江著・藤原茂編著、青海社
『片手で料理をつくる　片麻痺の人のための調理の手引き』遠藤てる著、協同医書出版社

解説　『ばかもの』観光旅行

西崎　憲

1　絲山秋子

優れた作家というものがたいていそうであるように、絲山秋子もほかの作家にはあまり似ていない。文体に著しい特徴があるわけではないが、おおらかな筆致のそれはおおらかであるのに機微の取りこぼしがなく、描写に迷いはないがそれによって余白がつぶれているということもない。そして人間や状況の高いところも低いところも、暗いところも明るいところも、絲山秋子はすこし遠景として描く。そう、そこが肝心なのかもしれない。やや遠景に描くこと。

近すぎない描写は読み手を無用に急かすことがない。距離をとって、読み手とはべつに存在し、勝手に進みつづける。とても力強く。そういうスタイルで書く作家は日本ではすぐに思いつかないので、絲山的テイストが欲しいときは絲山秋子を読むしかない。

絲山秋子の受賞歴は華麗である。文學界新人賞、川端康成文学賞、芥川龍之介賞、谷崎潤一郎賞と多くの文学賞を受賞しているが、そういう受賞歴から連想される、なんというか、あまり好ましくない圧力のようなものを、作品から感じることはない。たぶん絲山秋子は好きなように、書きたいように書いているのだろう。作家には周囲から見えない束縛が多く、さらに束縛は自他どちらからも発生する。自縄自縛で勢いを失ってしまう書き手もいる。自由に書くというのは人間にとって存外に難しいものなのだ。

2　作品

本作『ばかもの』は、二度目の文庫化ということになる。二度文庫になるくらいだから、どう考えても価値があるだろうと推測されるが、まったくその通りである。本作はさまざまな読者にさまざまなものを提供するはずだ。

すこし堅い話をすると、この作品において中心的に使われている話法は「自由間接話法」と「自由直接話法」である。基本的には三人称なのだが、このふたつの話法を利用することによって、登場人物の内心を直截に描くことができるようになる。自由話法は一人称と三人称の中間的な話法であり、語り《ナラティヴ》と非語り《ナラティヴ》を自在に行き来できるので、一人称や三人称にはできないような複雑なテキストを織りあげることができる。小説にこの自由な話法が登場するのは二十世紀の半ばころでそれほど昔ではない。

作品の中心をなすのはひとりの男の大学時代からの十数年ほどの出来事である。男に特別なところはない。これといった取り柄もなく、野心もなく、生活全般において受動的なように見える。小説の主人公としてのスリルのようなものはなにもない。大学生のときに年上のすこしエキセントリックな女と交際し、不可思議なわかれ方をするが、その後はいたって平凡な生活である。そして家電量販店チェーンに勤め、二十代も終わりにさしかかったころ、平凡でないことが起きる。アルコール依存症に陥るのである。

ほぼすべての人間関係が破綻し、結婚しようと思っていた女も去り、体は異臭を発し、周囲から疎まれ、酔っ払って車を運転し、事故を起こす。

男はそれでも復活を目指す。人の際《きわ》の内側にもどろうとする。いっぽうすこしエキセントリックな女のほうも男とわかれてから片腕を失い、人の際から零れおちそうになっているように見える。もしかしたらこの作品はその「際」をめぐる話なのかもしれない。人であるかないかの際。

男はかろうじてもどれたのだろうか。女ももどれたのだろうか。友人たちはどうだろう。すくなくともひとりは向こう側に落ちてしまった。

しかし男や女はどうして踏みとどまることができたのだろう。ふたりには十分な強度があったのか。生きることに必要な強度が。だとしたらこの話のどこでそれを得たのか、あるいは取りもどしたのだろう。

おそらく作品の中心はそのことだろう。生き残っていくということ。

3　ばかもの観光旅行

『ばかもの』の世界にすこし観光にいってみよう。

高崎競馬場

高崎競馬場は高崎駅から徒歩十分ほどの距離にあったが、二〇〇四年の十二月に廃止になっている。

アルコール依存症に陥ったヒデの目は競馬場の跡地を見る。そこは駐車場になっていて、内側は空虚な空間であるはずだった。ヒデが認識していたところでは。けれどちがった。眼前にあったのは見栄えばかりの、てらてらとした生活感のない家ばかりが集まった、たぶん書き割りのような街だった。ヒデは自分の街を奪われたという思いに囚われ、深く憤る。

競馬場跡から逃れたヒデの目にようやく古い高崎がもどる。「突然、はじき出されるようにして、やっと俺は古い高崎に戻ることができた。マーケットにはキャベツとイチゴが並んでいて、その上の棚に醬油とソースとみりんが二本ずつ売られていた。クリーニング屋ではオヤジが、天井からつるしたコードのついたアイロンを、肌着一枚でかけていた」

よしたけ

「よしたけ」は競馬場の裏を入ったところにあるおでん屋である。笑うと銀歯が見える「おばやん」が経営している。

おでん以外には日替わりの簡単なつまみがちょっとだけあり、夏には焼き鳥もでる。競馬のない日の客は常連の中年の男たちだった。テレビもないし、音楽もない。お湯の沸く音だけが響いている。おばやんは額子の母親である。

ホシノ

ホシノは額子が飼っていた犬である。犬種は不明。額子の話ではホシノという名はわかれた恋人からとられているということだった。

ヒデの目にホシノはすこしばかに見える。ヒデと額子がセックスするときは、骨のおやつを与えられて、ベランダにだされた。

ホシノはヒデが飲酒運転で事故を起こした日に天寿をまっとうする。おばやんによると、名前の由来はわかれた恋人からではなく、額子が好きだった小学校の担任の先生の名だという。

ラーメン屋

ラーメン屋は国道沿いのバイパスにある。店主は埼玉県出身の職人肌の男でミスをするヒデを叱るが、怒りがあとをひくことはない。ヒデは炒飯の炒め方、餃子の作り方を学ぶ。

繁盛していたので店主は高崎駅西口に進出を計画するが、企ては失敗する。ヒデは進出から三ヶ月たって苦境にある店長に解雇を告げられる。店長は「残された少しの時間、初心に戻って一人でやってみたい」と述べる。

片品

片品は高崎から見て北東に位置する。直線距離で六十キロ弱。上越線で高崎沼田間は五十分ほどの所要時間である。沼田から片品村まではバスでやはり五十分ほど。

ヒデには片品は冬の雪が多くてさびしい土地と映っていたが、萩乃さんの話では、額子は片品の春や夏を好んでいるという。いっぺんに花が咲く春、短くて明るい夏。

山根ゆき

山根ゆき＝ネユキにはおそらく悪意はない。けれど彼女は傷害致死という形で人に死をもたらす。ヒデにとって見えないものはいいふうに作用した。ネユキにとって、見えないものは悪く作用した。両者の差はなんなのだろう。

額子の古典

額子は古文を読みたくなって通信制の大学で学びたいと思っている。額子の読みたいものは『蜻蛉日記』であり『更級日記』である。

勉強なんて金持ちの趣味と思うが、ヒデはそう感じる自らの狭量さを恥じる。

大須ヒデ

ヒデは賢い文学の登場人物のように賢くはない。多くの文学作品に登場する人物のように文学的内面を持たない。かれは壁にぶつかるまで壁があるとは気がつかないような人物である。けれど我々が知らないことで、そしてヒデしか知らないことはたくさんあるだろう。しかしヒデはそのことは言わない。たとえば、おまえにおれの気持ちがわかるか、といったことは言わない。

想像上の人物

「想像上の人物」はおそらくヒデ以外の目には見えない。それはイマジナリーフレンドのようなものなのだろうか。小児性の表れなのだろうか。

想像上の人物は「たおやかで、かそけき女性」である。どうして女性形なのかはわからない。無理矢理にこじつけることもできるが、たとえばユングのいうような「アニマ」であるといったことを述べることもできるが、その妥当性はわからない。ヒデは想像上の人物と性的なものの結びつきを拒んでいるので、それを考えるとやはり小児性と関係があるのかもしれない。

　想像上の人物はヒデを縛るベルトを外してくれるし自分の腕を切り落として額子に与えたように見える。

「想像上の人物」とは誰なのか、なんであるのか、すこし考えてみよう。

　まず想像するのはいったい誰なのだろう。想像する主体は誰なのだろう。それはヒデなのだろうか。いや、この言い方はもうすこし広い範囲を指すように見える。すくなくとも「想像上の人物」という語を使うときは一般に知られた人物を指すことが普通である。星の王子さま、のび太、ジョン・ヘンリー、スパイダーマン、そういった面々が想像上の人物である。

　反対側から考えることはつねに有効であるように思う。想像上の人物ではない人物とは誰になるか。

　こちらは簡単である。この作品を書いた絲山秋子自身や読みおわったわたしやあなたである。そしてわたしやあなたの周囲にいるさまざまな人々である。それらが想像ではない人物である。

　しかしここで問題が生ずる。そもそもここで「想像上の」という言葉を使うのは想像上の人物であるヒデである。

そのことはなにを意味するのだろうか。想像上の人物が述べる想像上の人物とは誰を指すことになるのだろう。

それにたいしては答えがないでもない。単純に想像の世界と現実の世界とふたつにわけていいか議論の余地はあると思うが、仮にわけられるとすると、想像上の人物が述べる想像上の人物とは、こちら側の、つまり現実の人物ということにならないだろうか。つまり絲山秋子やわたしたちということに。

ベルトを外したり腕を与えたりしたのはつまり作者である絲山秋子や読者であるわれわれではないだろうか。ここでこの作品『ばかもの』の真の姿が現れるかもしれない。だまし絵が隠していた絵を開示するように。

『ばかもの』はおそらくわれわれ自身が持つ力にかんする小説である。

（翻訳家、作家）

本書は二〇〇八年九月に新潮社、二〇一〇年一〇月に新潮文庫で刊行された『ばかもの』を再文庫化したものです。
◎初出……「新潮」二〇〇八年一月号～八月号

ばかもの

二〇二三年 五 月一〇日 初版印刷
二〇二三年 五 月二〇日 初版発行

著 者 絲山秋子《いとやまあきこ》
発行者 小野寺優
発行所 株式会社河出書房新社
〒一五一－〇〇五一
東京都渋谷区千駄ヶ谷二－三二－二
電話〇三－三四〇四－八六一一（編集）
〇三－三四〇四－一二〇一（営業）
https://www.kawade.co.jp/

ロゴ・表紙デザイン 粟津潔
本文フォーマット 佐々木暁
本文組版 株式会社創都
印刷・製本 中央精版印刷株式会社

Printed in Japan ISBN978-4-309-41959-6

忘れられたワルツ

絲山秋子 41587-1

預言者のおばさんが鉄塔に投げた音符で作られた暗く濁ったメロディは「国民保護サイレン」だった……ふつうがなくなってしまった震災後の世界で、不穏に揺らぎ輝く七つの“生”。傑作短篇集、待望の文庫化

薄情

絲山秋子 41623-6

他人への深入りを避けて日々を過ごしてきた宇田川に、後輩の女性蜂須賀や木工職人の鹿谷さんとの交流の先に訪れた、ある出来事……。土地が持つ優しさと厳しさに寄り添う傑作長篇。谷崎賞受賞作。

小松とうさちゃん

絲山秋子 41722-6

小松さん、なんかいいことあった？——恋に戸惑う52歳のさえない非常勤講師・小松と、ネトゲから抜け出せない敏腕サラリーマン・宇佐美。おっさん二人組の滑稽で切実な人生と友情を軽快に描く傑作。

夢も見ずに眠った。

絲山秋子 41930-5

夫の高之を熊谷に残し、札幌へ単身赴任を決めた沙和子。夫婦であっても共有しえない孤独と優しさを抱えた二人は次第にすれ違い、離別を選ぶことになったが……。

泣かない女はいない

長嶋有 40865-1

ごめんねといってはいけないと思った。「ごめんね」でも、いってしまった。——恋人・四郎と暮らす睦美に訪れた不意の心変わりとは？　恋をめぐる心のふしぎを描く話題作、待望の文庫化。「センスなし」併録。

選んだ孤独はよい孤独

山内マリコ 41845-2

地元から出ないアラサー、女子が怖い高校生、仕事が出来ないあの先輩……“男らしさ”に馴染めない男たちの生きづらさに寄り添った、切なさとおかしみと共感に満ちた作品集。